Y.e

-119

OEUVRES

DE

BERNARD.

Cette édition, imprimée sur papier-vélin fort d'Angoulême, et qui contient les opéra de l'auteur, a été tirée à 150 exemplaires pour être joints aux épreuves des figures *avant la lettre.*

OEUVRES

DE

P. J. BERNARD,

ORNÉES DE GRAVURES

D'APRÈS LES DESSEINS DE PRUD'HON;

LA DERNIERE ESTAMPE GRAVÉE PAR LUI-MÊME.

NOTICE

SUR LA VIE DE BERNARD.

Pierre joseph bernard naquit à Grenoble en Dau-
phiné, en 1710, fils d'un sculpteur. Après avoir achevé
ses premieres études au college des Jésuites de Lyon,
comme tous les jeunes gens qui se sentent le goût des
lettres, son plus grand desir fut de les cultiver au sein
de la capitale. Il vint à Paris fort jeune : il aimoit les
vers et les plaisirs, deux passions qui conduisent rarement à la fortune. Sa ressource pour subsister fut de
passer deux ans en qualité de clerc chez un notaire.

Ses mœurs douces, son caractere aimable, lui procu-
rerent bientôt des connoissances utiles. Quelques poésies légeres qui déceloient un talent vrai commen-
cerent sa réputation. De jeunes gens de son âge, qui depuis se sont fait un nom dans la république des lettres,
formoient alors une petite société, appelée *Société du*
caveau, au ci-devant Palais-royal. Il falloit faire preuve
de talent pour y être admis : chaque membre y lisoit
ses ouvrages; la critique en étoit sévere, et toujours as-
saisonnée de plaisanteries qui ménageoient peu les
amours-propres, mais préparoient des succès en public
à ceux qui se montroient dociles. Les censeurs les plus
impitoyables des manuscrits en devenoient les plus zélés
défenseurs quand la société les avoit jugés dignes de

paroître au jour. Bernard étoit de cette société. On lui a souvent entendu dire qu'il devoit à l'extrême sévérité de ses amis la correction de ses ouvrages.

Voltaire, passionné pour les lettres, et, quoi qu'en aient dit ses détracteurs, l'ami des jeunes gens qui les cultivoient, se fit un plaisir d'accueillir Bernard, et de lui donner des conseils. C'est dans la société de ce grand homme qu'il rencontra Helvétius, que ses premiers goûts portoient à la poésie, et que son pere destinoit à la finance. Il se lia avec ce jeune homme, devenu depuis si célebre dans la carriere de la Philosophie. Cette amitié, qui ne s'est jamais démentie, ne fut pas inutile à sa fortune. Helvétius dans sa jeunesse, avant d'être fermier général, n'avoit qu'un modique revenu, que son cœur noble et généreux lui faisoit partager avec les amis qui avoient les mêmes goûts que lui. Il le partagea avec Bernard jusqu'au moment que celui-ci fut attaché au marquis de Pezai en qualité de secrétaire, et qu'il partit avec lui pour l'armée d'Italie, en 1734. Bernard se trouva aux batailles de Parme et de Guastalle, qui lui inspirerent deux morceaux de poésie, peut-être les plus beaux qui soient dans notre langue.

C'est dans cette campagne qu'il fut connu du maréchal de Coigni, qui se l'attacha et lui procura bientôt après la place de secrétaire général des dragons. Ce fut pour un ami des Muses une petite fortune qui assuroit son indépendance, et lui donnoit les moyens de se livrer à ses goûts.

Le maréchal mourut en 1756. Bernard le regretta, en conserva toute sa vie la mémoire; il se fit un devoir de transmettre à la famille de son Mécene toute la reconnoissance qu'il devoit à des bienfaits qu'avoit honorés l'amitié du bienfaiteur. Cette famille en acceptant, pour ainsi dire, cet héritage, ne cessa de regarder celui qui l'offroit comme un ami précieux dont elle s'approprioit les talents et la gloire. Elle n'usa de ses droits acquis, que pour prodiguer à cet ami jusqu'à son dernier moment les soins de l'attachement le plus tendre : exemple rare, et je dirois presque unique, d'un échange honorable de sentiments généreux entre un homme de lettres estimable et des protecteurs puissants qui mirent le mérite et la vertu au niveau de toutes les grandeurs conventionnelles de la société.

Il paroît inutile de prévenir le public sur les ouvrages de ce poëte aimable. Ceux qui sont échappés à son porte-feuille sont jugés depuis long-temps; ils ont subi l'épreuve de l'éloge et de la critique. Ce que l'on en diroit ne peut rien ôter ni rien ajouter à leur mérite.

En 1740, Voltaire lui écrivit la lettre que voici, pour l'encourager à terminer son *Art d'aimer.*

Bruxelles, 27 mai.

« Le secrétaire de l'Amour est donc le secrétaire des « dragons! Votre destinée, mon cher ami, est plus agréa-« ble que celle d'Ovide : aussi votre *Art d'aimer* me pa-

« roît au-dessus du sien. Je fais mon compliment à M. de
« Coigni, de ce qu'il joint à ses mérites celui de récom-
« penser et d'aimer le vôtre. Vous me dites que la for-
« tune a des ailes : voilà donc tous les dieux ailés qui
« se mettent à vous favoriser.

> « Vous êtes formés tous les deux
> « Pour plaire aux héros comme aux belles ;
> « Mais si la fortune a des ailes,
> « Je vois que la vôtre a des yeux.

« On ne l'appellera plus aveugle puisqu'elle prend
« tant de soin de vous. Vous serez toujours des trois
« Bernards celui pour qui j'aurai le plus d'attachement,
« quoique vous ne soyez encore ni un Crésus ni un
« saint.

> « Dans ce pays trois Bernards sont connus :
> « L'un est ce saint, ambitieux reclus,
> « Prêcheur adroit, fabricateur d'oracles ;
> « L'autre Bernard est l'enfant de Plutus,
> « Bien plus grand saint, faisant plus grands miracles ;
> « Et le troisieme est l'enfant de Phébus,
> « Gentil Bernard dont la muse féconde
> « Doit faire encor les délices du monde,
> « Quand des premiers on ne parlera plus.

« Vous voyez que Newton ne me fait pas renoncer aux
« Muses : que les dragons ne vous y fassent pas renon-
« cer. Vous avez commencé, mon cher Bernard, un
« ouvrage unique en notre langue, et qui sera aussi
« aimable que vous. Continuez, et souvenez-vous de
« moi au milieu de vos lauriers et de vos myrtes. Je
« vous embrasse de tout mon cœur. »

Bernard étoit d'un caractere modeste, timide, et bon. Il avoit su de bonne heure apprécier les partis qui déchiroient la littérature. Ennemi de l'éclat, il n'estimoit la réputation que pour les vrais amis qu'elle donne, pour les vertus qu'elle permet d'exercer, et le bonheur qu'elle procure. En vivant parmi les grands, il avoit observé le plaisir malin qu'ils goûtent à voir les gens de lettres se livrer entre eux des combats déshonorants de jalousie qui consolent tant de sots de leur médiocrité. Pour se dérober à l'envie, il ne lisoit ses vers qu'à des amis sûrs, dans des sociétés choisies, à des femmes aimables, qui savoient les goûter et les apprécier. En les lisant, il leur prêtoit un bel organe et un accent de sensibilité qui leur manque à une lecture tranquille et réfléchie. On sentoit, en l'écoutant, que l'expression de sa voix maîtrisoit les suffrages de ceux à qui il ambitionnoit de plaire.

Quoique le genre de ses ouvrages fût propre à flatter le goût de toutes les personnes qui aiment les plaisirs de l'esprit et des sens, et que cela seul pouvoit faire desirer de les entendre sans le moindre intérêt pour l'auteur, cependant sa personne, qui plaisoit beaucoup, étoit même recherchée dans ces cercles où se rendoient ceux qui se disoient exclusivement la bonne compagnie. On l'appeloit, on le fêtoit à la cour. L'avantage d'assister à ses lectures sembloit aux courtisans un privilege qu'ils payoient à l'auteur par des éloges outrés, et toujours dangereux pour ses ouvrages quand l'impression

b

les met au jour. Le public, jaloux de ses droits, ratifie
rarement les suffrages qu'on semble vouloir lui com-
mander. Pour se montrer libre, il est souvent injuste.

Peu jaloux de se faire imprimer, Bernard jouit de son
vivant d'une grande réputation, et d'un bonheur qui ne
fut jamais troublé par les clameurs de l'envie. Quand,
après sa mort, parut l'*Art d'aimer*, l'envie n'avoit plus
d'intérêt à nuire à l'auteur. Elle se tut; et son silence
laissa au public la liberté de juger paisiblement le mérite d'une composition qui tient aujourd'hui son rang
parmi les productions les plus agréables de la poésie
françoise.

Ce qui forme le recueil qui nous reste de ce charmant
poëte est la moindre partie de ce qu'il tenoit renfermé
dans son porte-feuille : ses amis lui ont entendu lire un
petit poëme intitulé *Azor*, qui leur paroissoit le meil-
leur de ses ouvrages par la fraîcheur des images,
par la peinture des voluptés orientales qu'il y a répan-
due. Il lisoit aussi des fables piquantes par les sujets,
des contes charmants, quoiqu'un peu libres, et qui
plaisoient, sans avoir les graces naïves de la Fontaine.
Il en devoit le fonds à ses bonnes fortunes: ce fonds devoit être riche, car il les avoit multipliées dans tous
les rangs de la société.

Bernard étoit bel homme, d'une taille moyenne et
bien proportionnée: avec des cheveux noirs, le teint
brun, et une expression mâle dans les traits du visage,
il avoit de la douceur dans les yeux. Sa constitution forte
et vigoureuse lui permettoit tous les excès.

Son goût pour les femmes a été la source où son génie a puisé cette fleur d'esprit, cette galanterie aimable,
cet épicuréisme recherché, qui brillent dans ses poésies.
C'est ce goût qui avoit formé l'aménité de son caractere,
et lui avoit donné cette habitude de discrétion qui, malgré le nombre et la facilité de ses conquêtes, ne lui
permit jamais de trahir les secrets de ses jouissances. Les
femmes qu'il aimoit ne mettoient pas toujours comme
lui la même délicatesse à les couvrir des voiles du mystere; plusieurs tirerent vanité de l'avoir pour amant;
et, quoiqu'il mît dans ses passions plus d'ardeur que de
tendresse, elles s'en contentoient, et ne se montroient
jalouses que du plaisir d'avoir comblé de leurs faveurs
l'heureux chantre de l'amour.

Cette passion de Bernard pour le beau sexe, qu'il
avoit prolongée beaucoup au-delà du terme qu'y a mis
la nature, abrégea ses jours, hâta la décadence de ses
facultés physiques et morales, et le laissa, dans les quatre
dernieres années de sa vie, dans un état de langueur
qui approchoit de l'imbécillité.

Dans le temps qu'il se survivoit ainsi à lui-même, il
assistoit à son opéra de Castor et Pollux. Mlle Arnould,
célebre actrice, qui avoit joué le rôle de Télaïre, vint
après la piece trouver l'auteur à l'amphithéâtre, et lui
demander s'il avoit été content de son jeu. Bernard
avoit oublié qu'il avoit fait cet opéra. Mlle Arnould l'en
faisant ressouvenir, il lui dit avec sa galanterie ordi-
naire, Il est vrai, Castor est mon ouvrage, mais Télaïre
est ma gloire.

Il mourut à Choisi sur Seine, le 1ᵉʳ novembre 1775, dans une petite maison qu'il avoit alors comme bibliothécaire du roi, et que des artistes de ses amis avoient pris plaisir à orner des peintures les plus agréables et les mieux assorties au goût voluptueux et au genre d'ouvrages de ce poëte aimable.

ÉPÎTRE

À MON AMI PRUD'HON,

*Auteur des charmants desseins qui embellissent
cette édition des OEuvres de Bernard.*

PEINTRE aimable des passions,
Rival heureux de la nature,
Toi de qui la main libre et sûre
À ces belles proportions
Dont brille l'humaine structure
Sus dans tes compositions
Des Graces mêler la parure,
Et, par leurs inspirations,
Créant l'ame de l'Innocence,
Au feu brillant de tes crayons
La montras avec complaisance
En proie aux agitations

ÉPITRE.

Du dieu qu'à Paphos on encense,
Puis nous l'offris avec décence
À de douces affections
S'abandonnant sans défiance,
Et cédant avec résistance
Aux plus vives émotions;
Toi dont l'ame énergique et pure
Par de fieres expressions
De l'amour traças la peinture,
Ses flatteuses séductions,
Ses puissantes impressions,
Ses traits, qui dans tes fictions
Font encor craindre leur blessure;
Daigne ici de la Vérité
Empressée à te rendre hommage
Entendre le simple langage,
Et reçois avec son suffrage
Celui de la postérité.
Crois-moi, d'un frivole présage
Ton ami ne t'a point flatté:
Il jouit avec volupté

De ta gloire qu'il envisage;
Oui, cher Prud'hon, ce seul ouvrage
T'assure l'immortalité.

P. DIDOT L'AÎNÉ.

L'ART D'AIMER,

POËME.

L'ART D'AIMER.

CHANT PREMIER.

J'ai vu Coigny; Bellone, et la Victoire;
Ma foible voix n'a pu chanter la gloire :
J'ai vu la cour; j'ai passé mon printemps
Muet aux pieds des idoles du temps :
J'ai vu Bacchus, sans chanter son délire :
Du dieu d'Issé j'ai dédaigné l'empire :
J'ai vu Plutus; j'ai méprisé sa cour :
J'ai vu Daphné; je vais chanter l'amour.
   Toi seul, ô toi, jeune objet que j'adore;
De tous les dieux sois le seul que j'implore;
Que l'art d'aimer se lise en traits vainqueurs,
En traits de feu, tel qu'il est dans nos cœurs!
L'Amour m'inspire, il m'apprend comme on aime;
De ses plaisirs instruisons l'Amour même.
À tes genoux, dans tes bras, sous tes yeux,
J'en donnerois des leçons, même aux dieux.

Aux vrais Amours ma lyre consacrée
Ne chante point et Lampsaque et Caprée,
Ni de Chrisis les lascives fureurs,
Ni de Flora les nocturnes horreurs.
Qu'ici l'Amour, épurant son systême,
Nu, mais décent, plaise à la pudeur même;
Que Vénus donne à Vesta des desirs :
Je veux des mœurs compagnes des plaisirs.
Qu'à d'autres chants soit aussi réservée
De Sybaris la mollesse énervée,
Des Amadis les respects insensés,
Et du Lignon les bords toujours glacés.
Dans mes portraits, Albane plus fidele,
Peignons l'Amour comme on peint une belle;
D'un jour aimable éclairons son tableau,
Vrai, mais flatté, tel qu'il est, mais en beau.

J'appelle amour cette atteinte profonde,
L'entier oubli de soi-même et du monde,
Ce sentiment soumis, tendre, ingénu,
Prompt, mais durable, ardent, mais soutenu,
Qu'émeut la crainte, et que l'espoir enflamme;
Ce trait de feu qui des yeux passe à l'ame,

De l'ame aux sens; qui, fécond en desirs,
Dure et s'augmente au comble des plaisirs;
Qui plus heureux n'en est que plus avide;
Voilà le dieu de Tibulle et d'Ovide;
Voilà le mien. Heureux cent fois le cœur
Qui tient du ciel cet ascendant vainqueur!
  Quand ce rayon, cette vive étincelle
Perce au travers du sein qui la recele;
Voici les lois qu'un amant peut ouïr:
Choisir l'objet, l'enflammer, en jouïr:
Beautés, amants, voilà notre carriere.
  Déja mon char a franchi la barriere;
Daphné me voit; et l'Amour qui m'entend
Met dans ses mains le myrte qui m'attend.
Jadis un sage, armé d'un trait de flamme;
Analysa les voluptés de l'ame;
Platon... Mais quoi! d'un froid mortel atteint,
L'Amour a fui, son flambeau s'est éteint.
Cesse, a-t-il dit, ou choisis mieux ton guide;
À ses leçons vois l'ennui qui préside;
Oses-tu bien à Cythere, à ma cour,
Donner pour loi son chimérique amour?

Ne veux-tu pas, martyr de la constance,
Prêcher des cœurs l'éternelle alliance?
Mais devant qui, zélateur indiscret,
De tes langueurs vas-tu chanter l'attrait?
Un joug pénible est-il donc le partage
D'un peuple ardent, indocile, volage,
Fidele à Mars, mais perfide aux amours,
Fait pour jouïr, plaire, et changer toujours?
Vois par ses goûts quel doit être son maître;
Et, pour l'instruire, apprends à le connoître.

Dieu de mon cœur, tes abus font mes lois;
Je n'irai point, en préceptes gaulois,
Changer les mœurs de tes chers infideles,
Vieillir ton âge, attenter sur tes ailes;
Tout m'est sacré dans le dieu que je sers :
De tes captifs j'adoucirai les fers,
Mais sans prescrire une loi qui t'étonne.
Ta gloire, Amour, ton intérêt ordonne
Que la constance, éprouvant nos desirs,
Verse à longs traits la coupe des plaisirs.

Toi dont le cœur est né pour la tendresse,
Conçois tout l'art du choix d'une maîtresse;

Il veut des soins ingénieux, constants.
Cherche, étudie et les lieux et les temps :
Compare, oppose, et vois d'un œil austere
L'âge, les goûts, l'ame, et le caractère.
À tes regards mille objets sont offerts ;
Choisis : mais, dieux ! se choisit-on des fers ?
A-t-on le temps de chercher et d'élire ?
Raisonne-t-on ? l'amour est un délire.
L'oiseau qu'en l'air un chasseur a blessé
A-t-il pu voir le trait qu'on a lancé ?
Les traits d'Amour sont encor plus rapides ;
Son bras caché frappe ses coups perfides ;
Il rit d'un cœur vainement étonné,
Le matin libre, et le soir enchaîné.
Le ravisseur qui mit Pergame en poudre
De cet amour sentit le coup de foudre ;
Didon brûla d'aussi rapides feux.
Ceux dont le ciel maîtrise ainsi les vœux
N'ont pour aimer aucune étude à faire ;
Mais, par mes lois, je leur enseigne à plaire.
Vous que l'Amour brûle plus lentement,
Apprenez l'art de choisir en aimant.

Tel que Zéphyre, au moment qu'il s'éveille,
Marque les fleurs que doit sucer l'abeille,
Moi, je parcours les jardins de Cypris,
Et des beautés je marque ainsi le prix.
    En remontant aux sources du bel âge,
Vois l'innocence, adore son langage,
Les pleurs naïfs, le sourire enfantin,
L'air ingénu, le regard incertain,
Quand les beautés crédules et craintives
Tiennent encor leurs caresses captives;
Quand la nature, épiant tous ses sens,
Baisse les yeux sur ses trésors naissants,
Rougit de plaire en cherchant à séduire,
Et veut ensemble ignorer et s'instruire:
Voilà quinze ans. L'aube aimable du jour,
C'est une belle, enfant comme l'amour,
Qui n'a d'attraits que sa fraîcheur nouvelle,
Et sa pudeur, des graces la plus belle.
L'âge qui suit, développant ses traits,
Offre à l'amour de plus piquants attraits.
Au doux éclat qu'a produit cette aurore
Succede un jour plus radieux encore;

Et tous les fruits qu'un amant peut cueillir
Ont achevé de naître et d'embellir.
L'essor est pris, l'ame a senti ses ailes ;
Tous ses besoins sont des fêtes nouvelles ;
Le cœur instruit démêle ses desirs ;
C'est à vingt ans qu'on a tous les plaisirs.
De trente hivers le temps marque les traces ;
La beauté perd ce qu'on ajoute aux graces ;
On n'est plus jeune, on est belle pourtant ;
On met plus d'art aux pieges que l'on tend :
C'est le tissu des intrigues secretes,
L'art des atours, l'arsenal des toilettes :
Le soin de plaire, et la soif de jouïr,
Redouble encor, loin de s'évanouir.
Par l'âge accrus, les sens ont plus d'empire ;
C'étoit l'amour, c'est alors son délire :
Ardent, avide, impétueux, hardi,
C'est un soleil brûlant en son midi.

Moins jeune encor, la Beauté nous engage.
L'art du maintien, les graces du langage,
Les dons acquis, les charmes empruntés,
Donnent un lustre au couchant des Beautés.

L'Amour, fidele à leurs flammes constantes,
Se glisse encor sous les rides naissantes ;
Et, pour régner jusqu'aux derniers instants,
Seme de fleurs les ruines du temps.
La jeune rose, en se pressant d'éclore,
Fait au matin le charme de l'aurore ;
Clytie au soir, dans son riche appareil,
Fait l'ornement du coucher du soleil.
Tout plaît un jour, tout âge a ses délices :
Ces dons divers sont faits pour nos caprices ;
Par eux l'Amour, variant ses attraits,
Forme un carquois d'inépuisables traits.
Il est des yeux dont la langueur touchante
Pénetre un cœur, l'amollit, et l'enchante ;
D'autres plus vifs l'enflamment à leur tour ;
Ce sont les traits, les foudres de l'Amour.
L'une a du port l'élégante noblesse,
L'autre une taille où languit la mollesse ;
Plus d'embonpoint embellit celle-ci ;
Là sont les lis ; les roses sont ici.
Chaque beauté fait un lot à chacune ;
Laure étoit blonde, et Corine étoit brune.

Quand l'œil a vu, quand ce trait est lancé,
Le choix d'un cœur veut être balancé.
Une coquette, et brillante et légere,
Plaira toujours par son étude à plaire.
Tendre, naïve, égale en sa pudeur,
La simple Agnès excite plus d'ardeur,
Lorsqu'un amant, l'aidant à se connoître,
Par le plaisir lui fait sentir son être.
La prude anime, et plaît à désarmer.
Une mystique excelle à bien aimer.
Dans le plaisir la folle qui s'enflamme
Met plus d'esprit, la rêveuse plus d'ame.
J'aime un caprice et de feintes rigueurs :
Sauvons l'amour du pavot des langueurs.
De l'enjoûment Églé fait son partage ;
Lise a le goût ; Charite, le langage :
Chloé se tait ; mais l'Amour dans ses yeux
Met son esprit, qui n'en parle que mieux.
  Sur trois états décide ton hommage.
Chloé t'appelle aux moissons du bel âge ;
C'est une fleur qui n'attend que le jour
Qui doit l'ouvrir au souffle de l'Amour :

Celle qu'Hymen veut soustraire à tes armes,
Aimant par fraude, aime avec plus de charmes;
Et, secouant les chaînes d'un jaloux,
Sert mieux l'amant pour mieux tromper l'époux.
D'un deuil frivole écarte le nuage,
Et glane au champ du tranquille veuvage;
C'est un asyle où, sans peine écouté,
L'amant heureux jouït en liberté.
Ce sexe aimable a tout ce qu'on adore;
Tous les talents l'embellissent encore:
Sur tous les arts ses beaux yeux sont ouverts;
Vénus instruit, les Graces font des vers;
Sapho, Corine, ont des sœurs dignes d'elles.
Vois l'ambigu des toilettes des belles;
Tout ce qui sert l'esprit et les appas,
Livres, atours, bijoux, lyres, compas,
Couvrent l'autel de Flore et de Thalie.
Pourquoi blâmer ce que leur culte allie?
Ce sont les jeux des Amours triomphants.
Albane eût peint ces folâtres enfants:
L'un, pour servir une flamme secrete,
Contre un jaloux dirige une lunette;

L'autre en un coin calcule ses desirs,
Ou traite à fond l'essence des plaisirs :
Tel à sa voix joint un clavier sonore;
Tel autre esquisse un objet qu'il adore.
Suivez, amants, ce qui plaît aux Amours :
L'art donne à tout ses utiles secours.
Je sais quel charme il prête à la tendresse :
J'ai vu Daphné, Sirene enchanteresse,
Sous un treillage où Bacchus est vainqueur,
Boire, verser, et chanter sa liqueur.
J'ai vu Daphné, Terpsichore légere,
Sur un tapis de rose et de fougere
S'abandonner à des bonds pleins d'appas,
Voler, languir, et, mesurant ses pas,
Tendre au plaisir les bras qu'elle déploie.
Telle en versant le nectar et la joie,
D'un pas léger, sur la voûte des cieux
La jeune Hébé danse aux festins des dieux :
Ou telle encor, plus vive et plus touchante,
Sallé poursuit Amadis qui l'enchante.
    Pour faire un choix habite aux lieux divers
Où la Beauté donne et reçoit des fers.

Vole au grand jour; porte tes yeux avides
Dans ces jardins peuplés de nos Armides;
Cherche ta proie, à la ville, à la cour :
Les bals seront des fêtes pour l'Amour.
De plus d'objets vois la scene embellie
Chez Melpomene, aux loges de Thalie,
Sur ce théâtre aux magiques accents,
Où tous les arts enchantent tous les sens ;
Où la Beauté, paroissant sous les armes,
Veut, sans rien voir, étaler tous ses charmes.
Tout rit, tout plaît, tout brille en ce séjour;
Le cœur, les sens, l'amour-propre, l'amour;
Le dieu des ris, celui de la mollesse,
De tous les sucs composent une ivresse.
Dans ce chaos d'un monde séducteur,
Tout est spectacle, et chacun est acteur.
Monte, et poursuis ta carriere galante;
Vois de la cour la planete brillante ;
Leve tes yeux sur ces astres nouveaux ;
L'illusion va les rendre plus beaux.
Les déités de cet Olympe aimable
Auront une ame accessible et traitable;

Tu les verras, mortelles à leur tour,
De la grandeur descendre pour l'amour,
Passer du Louvre au tapis des fougeres,
Et soupirer ainsi que les bergeres.

    Beautés, ô vous l'objet de notre choix,
Pour en faire un suivez aussi mes lois ;
Il veut plus d'art, de mystere, et d'attente.
Qu'à son début doit trembler une amante !
Quel embarras suit le don de son cœur !
Et quel tourment si Jason est vainqueur !
L'amant trop jeune est un zéphyr volage :
L'ambition remplit l'été de l'âge :
Lent à répondre à de jeunes ardeurs,
L'automne arrive, et n'a que des tiédeurs :
Pour le vieillard, insensé s'il est tendre,
Des feux d'Amour il n'a plus que la cendre.

    Si vous craignez les renoms éclatants,
Défiez-vous des demi-dieux du temps,
Qui, l'une à l'autre enchaînant vos images,
Vont publier vos crédules hommages ;
Qui, décelant leur culte et vos autels,
Ne sont heureux qu'autant qu'on les croit tels.

La renommée et ses cent voix perfides
Sont les échos de leurs crimes rapides.
Tel un éclair qui brille et qui s'enfuit
Laisse après lui le tonnerre et le bruit.
Fuyez des grands l'appareil infidele ;
L'éclat d'un nom coûta cher à Sémele.

D'autres sauront, à vos fers attachés,
S'ensevelir dans des plaisirs cachés.
Pour en tracer une image sensible,
L'amour constant est comme un lac paisible,
Profond, égal, toujours beau, toujours clair,
Inaccessible aux tempêtes de l'air,
Qui, sans chercher le tribut d'autres ondes,
Se régénere en ses sources fécondes :
L'amour volage est semblable au torrent ;
Il tombe, il roule, il fuit en murmurant ;
Tari bientôt dans sa source égarée,
Né d'un orage, il en a la durée.
Suivez les flots dont le calme est certain ;
D'un heureux choix dépend votre destin.
Par son respect l'amour vrai se déclare :
C'est lui qui craint, qui se fuit, qui s'égare,

Qui d'un regard fait son suprême bien,
Desire tout, prétend peu, n'ose rien ;
Qui sur les fleurs fait marcher la constance,
Voit tout en beau, met tout en jouissance,
Dans les revers armé de plus de feux,
Dans les faveurs empressé, quoique heureux.
  Il est encor de ces amants fideles
Qui de l'Amour ont les feux, non les ailes ;
Qui dans ce siecle, âge des inconstants,
Gardent les mœurs de l'enfance des temps.
Pour dérober une flamme inconnue
L'amant d'Io la couvrit d'une nue.
On vit Alphée, humble dans ses roseaux,
Cacher le cours et le lit de ses eaux ;
Et, s'écoulant dans sa route confuse,
Se perdre au sein de la tendre Aréthuse.
Ces vrais amants n'habitent pas la cour :
L'ambitieux est-il fait pour l'amour ?
Là, sous son dais, la Fortune jalouse
Veut tout entier un amant qu'elle épouse.
En soupirant moins d'amour que d'ennui,
Séjan vous trompe, et n'adore que lui.

Pour affermir des liens plus durables
Cherchez en nous des qualités aimables.
Nyrée est beau; j'y veux encore un point,
C'est de l'esprit; car les sots n'aiment point.
Appesanti du poids de la matiere,
Que fait aux bras d'une amante grossiere
Ce vil Crésus dont l'or seul éblouit?
Eh! jouït-on sans penser qu'on jouït?
De quelque effort que les sens nous secondent,
Les nuits d'amour d'interregnes abondent:
L'esprit supplée à des feux languissans;
Et son travail fait le repos des sens.
    De nos plaisirs compagnon plus solide,
Le sentiment veut être aussi leur guide;
Mais secourus par l'esprit et par lui
Craignez encor de retrouver l'ennui.
Fuyez sur-tout l'amour triste et bizarre
D'un soupirant pâmé sur sa guitare,
Gravement fou, sottement circonspect,
Qui, promenant l'ennui de son respect,
Dit aux échos les tourments qu'il essuie,
Dupe et martyr des Beautés qu'il ennuie.

Ah ! que plutôt j'élirois à ce prix
Le plus changeant des enfants de Cypris !
   Craignez aussi le platonique hommage
D'un sot qui fait de Cupidon un sage,
Et l'esprit pur de l'insipide amant
Près d'une belle assis nonchalamment,
Qui de l'amour, docteur pâle et frivole,
Fait un système, et du lit une école ;
Qui, sans chaleur, dit qu'il brûle toujours,
N'admet que l'ame en ses chastes amours,
Qu'un feu subtil, impuissant météore ;
Mais qui distingue, argumente, pérore,
De son néant vante en lui les appas,
Et blâme en moi le pouvoir qu'il n'a pas.
   Loin, loin de nous la doctrine glacée
Qui fait l'amour enfant de la pensée.
L'amour brûlant, avide, impétueux,
Moteur actif des sens tumultueux,
Nourri d'espoir, accru par les délices,
Fécond en vœux, prodigue en sacrifices,
Qu'il brille encor des feux du sentiment,
Que l'ame ait part à cet embrasement ;

Que l'esprit même, épurant la matiere,
Aux voluptés prête enfin sa lumiere.
Mais, je l'ai dit, c'est un dieu qui m'instruit,
Ôtez les sens, tout amour est détruit.

Je vous atteste, ô Beauté que j'enseigne,
De cet amour, oui, vous suivez l'enseigne.
Qu'un jeune amant, pour plaire à vos regards,
Ait le teint, l'âge, et la taille de Mars;
Sans ces attraits, qu'à Florence on renomme,
La santé mâle est la beauté de l'homme.
Trouvez pourtant, s'il se peut, réunis
Les dons d'Alcide et les traits d'Adonis :
S'il faut des deux que votre goût décide,
Vous rougirez, mais vous prendrez Alcide.
Pour ajouter la peinture à ces traits,
D'un paysage égayons nos portraits.

La cour de Pan vit un jeune Satyre
Novice encor dans l'amoureux martyre,
De ses ardeurs dévoré nuit et jour,
Impatient des premiers feux d'amour.
Sans trop d'éclat, le demi-dieu sauvage
Joignoit la force aux graces du bel âge.

D'un front d'audace, et d'un œil d'attentat,
Pronostiquant les mœurs de son état,
Il poursuivoit Dryades et Napées,
Ou sous l'écorce, ou sous l'onde, échappées;
Toutes fuyoient son aspect indécent.
De sa laideur lui-même rougissant,
Il crut un jour corriger la nature,
Et de roseaux se fit une ceinture.
Mais quel espoir qu'un Faune se contInt?
Il n'est roseau ni feuillage qui tInt:
Il ignoroit qu'à ses maux plus sensible
La jeune Églé n'étoit point invincible.
Elle le vit, cet objet de terreur,
Et son maintien ne lui fit point horreur.
Elle fuyoit; mais Églé dans sa fuite
Tournoit la tête, Églé fuyoit moins vîte;
Le Faune ardent, pour revoir ses appas,
Ou devançoit ou suivoit tous ses pas.
Errant un jour dans sa fougue incertaine,
Au fond d'un bois il vit une fontaine
Qu'on appeloit fontaine de beauté;
Toute laideur sur ce bord enchanté

Disparoissoit : dans sa douleur profonde,
Il veut tenter le miracle de l'onde ;
Il entre : à peine il en touche le bord,
Son pied de Faune y disparoît d'abord,
Sa jambe après ; l'eau montant à mesure
De ses genoux passoit à la ceinture ;
Ainsi croissoit le prodige des eaux :
Un cri sortit tout-à-coup des roseaux :
Demeure, attends, fuis cette onde funeste ;
Ah ! garde-toi d'embellir ce qui reste ;
Charmant Satyre, hélas ! que deviens-tu !
C'étoit Églé, qui, malgré sa vertu,
Cédant alors à sa crainte ingénue,
Entre ses bras s'élance à demi nue.
De ses conseils Églé reçut le prix
Sur ce bord même où le Satyre épris
Perdit la fleur qui causoit son martyre.
Eh ! quel trésor que la fleur d'un Satyre !

Que sans emblême un maître plus profond
Montre au beau sexe à démêler à fond
La laideur mâle et la beauté débile ;
Ma plume est chaste, et le sexe est habile.

Pichon del.   E. Pfnor et Sculp.

CHANT SECOND.

Des dons du ciel le plus cher à nos yeux,
Est ce rayon de l'essence des dieux,
Cet ascendant, ce charme inexprimable,
Ce trait divin par qui l'homme est aimable,
Ce don de plaire enfin plus souhaité
Que n'est l'esprit, plus sûr que la beauté.
Sur tous nos traits il imprime ses traces;
Il donne à tout le coloris des graces,
Séduit sans art, enchaîne sans effort,
De la tendresse est l'aimant le plus fort :
C'est une autre ame à nos ressorts unie,
Qui d'un beau tout compose l'harmonie.
Vous qui portez ce caractere heureux,
Je vous fais roi de l'empire amoureux.

    Sans pénétrer jusqu'au sombre rivage,
Sans talisman, sans philtre, sans breuvage,
Sans Canidie et tout l'enfer armé,
Soyez aimable, et vous serez aimé.
Qui sait aimer est plus aimable encore;
Un cœur sensible est ce qu'un cœur adore :

La beauté plaît; soutenons ses attraits
Du sentiment, le plus beau de ses traits.

   Toi dont l'amour augmentera les charmes,
Qu'un peu d'audace accompagne tes armes;
Lance tes traits, frappe; et sois convaincu
Qu'on peut tout vaincre, et tout sera vaincu.
La plus rebelle est souvent la plus tendre.
Telle qui feint, et qui languit d'attendre,
D'un feu couvert brûlant au fond du cœur,
Combat d'un air qui demande un vainqueur.
Fieres beautés, prudes de tous les âges,
Qui nous vantez vos caprices sauvages,
Écoutez-moi : cet oracle est certain :
On aime un jour; c'est l'arrêt du destin :
Usez des biens que le printemps vous donne :
Un dieu vengeur vous attend à l'automne,
Et, punissant une indocile erreur,
Garde un Atys pour Cybele en fureur.
Craignez l'Amour, étudiez son heure.
La beauté fuit; le cœur entier demeure,
Seche, languit, et, tout percé de traits,
Est dévoré du serpent des regrets.

Mais nous, chargés des plaisirs du bel âge,
De leurs attraits précipitons l'usage;
Et, combattant d'imbécilles efforts,
Par les plaisirs sauvons-les des remords.

   Ne prétends pas, toi qui veux les surprendre,
Du même assaut les forcer à se rendre.
J'offre à tes pas mille sentiers ouverts;
Car selon l'âge il est des soins divers.
Un jeune objet, enchanté de lui-même,
Veut qu'on le flatte encor plus qu'on ne l'aime.
L'amant qui loue est l'amant couronné;
Avant l'amour l'amour-propre étoit né.
L'ambitieuse, en proie à sa manie,
Doit à l'intrigue asservir ton génie;
Fuis le repos, vois les grands, suis la cour,
Et fais servir la fortune à l'amour.
La Beauté vaine au luxe s'abandonne,
Et s'attendrit des fêtes qu'on lui donne.

   Amants d'éclat, courtisans de renom,
Vous que décore et produit un beau nom,
D'un air d'audace abordez les cruelles;
D'écrits galants inondez les ruelles;

Amants par faste, et volages par goût,
Vous n'aimez rien quand vous adorez tout;
Mais vous plaisez par le charme suprême
D'un air, d'un ton, d'un ridicule même;
Brillants auteurs des scandales du temps,
Trop dangereux si vous étiez constants.

    Toi qui, loin d'eux, dans la route commune,
N'es comme moi qu'un soldat de fortune,
Sans ces secours vole au combat, suis moi,
Et par toi seul ose suffire à toi :
Pour mieux séduire apprends à te contraindre.
L'Amour permet l'art que l'on met à feindre.
Amant soumis, Protée adorateur,
Voile ton front du masque adulateur;
Ris, si l'on rit; pleure, si l'on soupire;
Ris d'une folle, imite son délire :
Pour une Muse orne ce que tu dis;
Est-on dévot; sois dévot, et médis :
Fuis ce qu'on hait, encense ce qu'on loue;
Gai, si l'on chante, et dupe, si l'on joue.

    Au ton d'esprit qui triomphe aujourd'hui,
Sans soin du tien, veille à celui d'autrui.

Dis ce qu'on sait, prête un mot qu'on oublie,
Amene un trait, prépare une saillie :
Lent à briller, fais qu'on brille en tout point;
Humble artisan de l'esprit qu'on n'a point,
Adore tout pour te rendre adorable :
Qu'il est aimé celui qui rend aimable !

Oh ! qu'en amour l'exemple est triomphant
Pour entraîner un cœur qui se défend !
Aux yeux charmés d'une timide amante
De nos Beautés peins la foule galante ;
Porte à l'excès leur penchant amoureux ;
Rends tout amant, tout aimé, tout heureux.
Offre en tous lieux la Circé de Pétrone ;
Comme Bussi peins les mœurs de d'Olone ;
Donne à chacune une intrigue, un amant.
Si le vrai nom t'échappe en ce moment,
Nomme toujours, cite un tel, fais connoître
Celui qui l'est, qui le fut, qui va l'être :
Auteur fécond d'anecdotes d'amours,
Vois tes succès naître de tes discours.
L'exemple alors est un ordre suprême ;
Des feux d'autrui l'on s'embrase soi-même.

Si ta Vénus brûle d'un autre amour,
Diffère un temps à parler à ton tour;
Couvre tes soins du bandeau de l'estime;
Deviens l'ami, le confident, l'intime;
L'amant suivra, favori spectateur,
Et le témoin sera dans peu l'acteur.
Aux petits soins, enfants de la tendresse,
Ajoute encor des dons de toute espece.
Dans nos cités, le luxe ingénieux
Prête aux amants des secours précieux.
Dans le hameau, la simple Timarette
N'attend d'Hylas que son chien, sa houlette :
Mais Danaé veut, pour prendre des fers,
Voir briller l'or de cent bijoux divers.
Pour l'enrichir de fragiles merveilles
L'art et la mode ont épuisé leurs veilles;
Et Clinchetel, plus séduisant encor,
Y joint ses dons plus à craindre que l'or,
D'un rien souvent une belle s'enflamme,
Et par les yeux le trait passe dans l'ame.
Qu'elle ait par toi ces livres séducteurs
Faits pour l'Amour : l'Amour a ses auteurs,

Agents muets dont l'atteinte est certaine,
D'Urfé, Quinault, Pétrarque, la Fontaine,
Pétrone, Ovide, et mon Tibulle aussi.
Le premier voile est par eux éclairci.
On conjecture, on soupçonne, on devine,
Le cœur raisonne, et l'instinct s'achemine :
Le rameau d'or est enfin découvert.
Ainsi le feu qui de cendre est couvert,
Impatient sous le poids qui l'opprime,
Cherche au dehors un souffle qui l'anime.

  Les chastes sœurs servent aussi l'amour.
Si le talent vous conduit à leur cour,
En madrigaux présentez vos fleurettes,
Et modulez des concerts d'amourettes :
Mais n'allez pas, Castillan ténébreux,
D'une Isabelle esclave langoureux,
Sous un balcon fatiguant des cruelles,
Transir de froid pour enflammer vos belles.
L'amant françois suit un autre chemin :
On le verra, le champagne à la main,
D'un vaudeville agaçant une belle,
Chanter gaîment son martyre pour elle ;

Chez nous l'Amour jouït d'un plus doux sort :
On aime, on brûle, on expire, et l'on dort.
Il est des temps où la Nature amante
Inspire à tous sa chaleur renaissante :
Soupire alors ; l'Amour ainsi que Mars
A des saisons pour tenter les hasards.
Lorsque Zéphyre a déployé ses ailes,
Il rend à tout des parures nouvelles,
L'émail aux prés, la verdure aux côteaux,
Le calme à l'onde, et l'ame aux végétaux ;
Quand tout s'anime à ses douces haleines,
Vénus entiere habite dans nos veines,
Répand ses feux qu'on n'y peut contenir :
Quand tout renaît, tout renaît pour s'unir.
C'est l'heureux temps des conquêtes rapides,
C'est la moisson du myrte des Alcides.
Comme les fleurs l'ame s'épanouït :
On voit, on aime, on plaît, et l'on jouït.
Gazon, berceau, trône et lit de verdure,
Sont à l'Amour offerts par la Nature.
    Toi qui n'as pu, de Delphire amoureux,
De ses faveurs trouver l'instant heureux,

Viens l'égarer au fond de ce bocage ;
Ces bois sont faits pour sa pudeur sauvage ;
Là, par degrés, dévoile tes amours ;
Dis qu'elle est belle, en l'égarant toujours.
Elle t'évite, et pourtant se hasarde ;
Fuis, mais reviens ; fuis encor, mais regarde :
Suis, ne crains rien ; cette ombre, ce séjour,
Cette horreur même, encouragent l'amour.
De ce gazon la fraîcheur vous attire ;
J'y vois la place où va tomber Delphire.
Acheve, éprouve un instant de courroux,
Meurs à ses pieds, embrasse ses genoux,
Baigne de pleurs cette main qu'elle oublie :
Elle rougit ; c'est sa fierté qui plie :
Elle se tait, l'Amour parle ; crois-moi,
Presse, ose tout, et Delphire est à toi.

Quand les frimas du sagittaire humide
Glacent aux champs la Dryade timide,
Lorsque Borée, à son triste retour,
Rend aux cités les belles et l'Amour,
Par d'autres soins poursuis d'autres conquêtes ;
C'étoient des jeux, ce sont ici des fêtes :

Vole au théâtre, aux cercles, aux festins ;
L'Amour au bal a des succès certains.
L'éclat du lieu, le tumulte, la danse,
L'air du desir, la voix de la licence ;
L'impunité du masque officieux ;
Tout y fait naître un feu séditieux.
Écoute et parle un jargon téméraire :
Tout dire est l'art qui conduit à tout faire.

C'est au matin qu'un amant plus heureux
Saisit l'instant d'un réveil amoureux ;
Arrive : on sonne, on entre chez Aglaure ;
De ses rideaux mille Amours vont éclore.
Elle est sans fard, sans voile, sans atour,
Ce que l'aurore est au berceau du jour.
À sa toilette assise avec mollesse,
La mode active, et le goût, et l'adresse,
Forment ces nœuds où leur art se confond
À méditer un frivole profond.
Les petits soins apportent sur leurs ailes
Ces riens galants, les trésors de nos belles.
Flore et Plutus mêlent élégamment
L'éclat des fleurs au feu du diamant ;

Ornant tous deux, par un lent artifice,
De ses cheveux le moderne édifice.
À cet autel, paré de tant d'appas,
Quelque Nérine ayant conduit tes pas,
À ton idole adresse un tendre hommage.
Quand sa beauté sourit à son image,
Lorsqu'un miroir complaisant et flatteur
Lui réfléchit un charme adulateur,
C'est le vrai temps où l'ame des coquettes
Suce le miel du jargon des fleurettes.
D'un jeune objet conçois-tu les plaisirs,
De t'enflammer, d'exciter tes desirs,
D'être adoré, de s'adorer lui-même,
Et d'embellir aux yeux de ce qu'il aime?
Nérine encor, car Nérine peut tout,
En ta faveur décidera son goût.
Livre à ses soins le billet le plus tendre :
On peut tout lire, on ne peut tout entendre.

    Pénetre encore aux toilettes du soir;
La nuit amene et l'audace et l'espoir.
Du négligé la piquante parure
Ne laissera qu'un voile à la nature :

5

Le soin de l'art est d'en affecter moins. .

Tu peux tout voir, sans jaloux, sans témoins.

Un feint désordre, un hasard fait paroître

Un bras tout nud, un sein qui voudroit l'être :

C'est un genou balancé mollement,

C'est la langueur d'un tendre mouvement,

Et ce coup d'œil d'une amante échauffée

Si loin encor des pavots de Morphée.

Ton heure sonne : attaque en leur séjour

Ces deux captifs que te livre l'Amour ;

Surprends, désarme une pudeur rebelle :

Qui risque tout, obtient tout d'une belle.

Elle s'épuise en combats superflus,

Et le combat n'est qu'un plaisir de plus.

  Modere ailleurs cette ardeur pétulante ;

Telle autre exige une attaque plus lente.

Du romanesque entêté follement,

Le cœur en fait son premier aliment.

Un jeune objet, le plus vif, le plus tendre,

Compte toujours brûler et se défendre,

Céder à l'ame, et résister aux sens :

Feins d'adopter ses projets innocents ;

Pur Céladon, adore sa chimere;
Traite d'horreur une attache vulgaire,
D'ignobles feux, de terrestres plaisirs :
Laisse agir seul l'aiguillon des desirs;
Par eux bientôt sa flamme démontrée
Te répondra des sens de ton Astrée.
Le vrai triomphe; et telle, en déclamant
Contre l'amour, tombe aux bras de l'amant.
　　Mais, tout-à-coup quelle foule attentive
Prête à mes chants une oreille captive?
Que de Beautés, disciples de l'Amour,
Ont émaillé les gazons d'alentour!
Pour leur dicter des leçons immortelles,
L'Amour m'éleve un trône au milieu d'elles.
Dieux! sans brûler peut-on voir tant d'appas?
Mais qui te voit, Daphné, ne les craint pas.
　　Vous qui sortez de l'âge le plus tendre,
Beautés sans art, gardez-vous bien d'en prendre.
Tout plaît en vous sans art et sans apprêt :
Un défaut même est souvent un attrait
Sur la Beauté vous l'emportez encore,
Divines sœurs, ô Graces, que j'adore,

La beauté frappe; et vous attendrissez :
On l'aime un jour; jamais vous ne lassez.
   Lorsque Cœlus, pere de Cythérée,
La vit sortir de sa conque azurée,
À la Beauté tout le ciel applaudit;
Pluton parut, Jupiter descendit;
Thétis, Nérée, et le peuple de l'onde,
Tout reconnut la maîtresse du monde.
Sur le rivage accourus pour la voir,
Les dieux des bois célébroient son pouvoir;
Et des ruisseaux les tendres souveraines
Mêloient leurs voix aux concerts des Sirenes.
À tant d'appas un seul manquoit encor :
Du haut des cieux Mercure prit l'essor,
Fendit les airs, et guida sur ses traces
Trois déités qu'on appela les Graces.
Elles tenoient la ceinture en leurs mains,
Ce don des dieux, ce charme des humains :
Vénus s'arma du sceau de sa puissance,
Vénus sourit, et l'Amour prit naissance.
Un feu soudain embrasa l'univers,
Le Styx, l'Olympe, et la terre, et les mers;

Thétis brûla pour l'Océan avide ;
Triton suivit l'ardente Néréide ;
Et Palémon, s'abymant sous les eaux,
Pressa Doris sur un lit de roseaux.
Junon, donnant l'exemple à ses déesses,
Tint Jupiter pâmé dans ses caresses.
Diane même, au fond de ses forêts,
Dut à l'Amour certains plaisirs secrets.
Le dieu du fleuve, au lit de sa Naïade,
Faune, Égipan, et Satyre, et Dryade,
Tout éprouvant le charme de ce jour,
Par l'Amour même on célébra l'Amour.

Tel fut l'attrait des Graces immortelles.
Vous que j'enseigne, enchantez-nous par elles ;
Associez à leur accord charmant
Les jeux badins, le folâtre enjoûment,
Le rire aimable, ami de la jeunesse ;
Né de la joie, il la produit sans cesse,
Flatte l'espoir, inspire le desir,
Et peint les traits des couleurs du plaisir.
Plus enchanteur, plus éloquent, plus tendre,
Un doux sourire en fera plus entendre.

D'un autre charme on connoît tout le prix;
Il est des pleurs plus touchants que les ris.
    Par un perfide Ariane abusée
Armoit les dieux contre l'ingrat Thésée;
Et, l'œil mourant, le sein baigné de pleurs,
Sur un rocher leur contoit ses douleurs.
Un dieu paroît: les ris et la jeunesse
Font retentir mille chants d'alégresse;
Et les Amours, se jouant sur son char,
En font jaillir des ruisseaux de nectar.
Du dieu du thyrse elle arrête la course:
Il voit ses pleurs; il en tarit la source,
Plaint, et console une amante aux abois,
Et dans ses bras la venge mille fois.
Ainsi Bacchus, l'ennemi des alarmes,
Le dieu des ris, est vainqueur par des larmes.
    Trop tôt peut-être écoutant un vainqueur,
La sœur de Phedre abandonna son cœur.
Voilez un temps le secret de vos ames;
L'impatience attisera nos flammes.
Que les refus, plus piquants que les dons,
Rendent plus chers les tendres abandons:

Cédez toujours, mais jamais sans défense;
En vous hâtant, faites qu'on vous devance;
Retenez bien sur-tout cet heureux mot,
Ce doux *nenni*, qui plaît tant à Marot.
  Ô vous en qui moins de beauté, plus d'âge,
Ont de mon art exigé plus d'usage,
Parez l'autel où doit fumer l'encens;
Touchez le cœur, mais attachez les sens;
Dérobez-nous sous des ombres discretes
L'intérieur des premieres toilettes.
Des soins prudents et des besoins secrets
L'œil du matin verra tous les apprêts.
Que la parure, habile enchanteresse,
Sous ce qui plaît dérobe ce qui blesse.
Qu'un sein trop humble, à sa place arrêté,
Offre un Amour de son frere écarté.
L'art des atours compose en apparence
Un port brillant dans sa juste élégance:
Il donne, il cache, il place, l'embonpoint,
En modelant les formes qu'on n'a point.
Voyez l'Iris qui colore un nuage:
Usez ainsi; mais tempérez l'usage

D'un incarnat à Cythere apprêté,
Ame du teint, pastel de la beauté.
Dans une glace, école du sourire,
De vos attraits établissez l'empire;
Et, de l'art seul tenant ce qu'il leur faut,
Faites rougir la nature en défaut.
Lorsqu'on a fait la conquête d'une ame,
L'art plus savant est de nourrir sa flamme.
Je sais qu'Amour, en ses jeux inconstants,
Est, pour s'enfuir, ailé comme le Temps;
Même à jouïr s'use la jouissance.
De deux amants, l'un plutôt en balance
Perd l'équilibre, et, lassé d'être heureux,
Pour trop brûler, n'a bientôt plus de feux.
Suivez de l'œil ces jeunes hirondelles
Qui fendent l'air en se touchant des ailes;
Des deux oiseaux partis du même essor,
L'un est tombé, quand l'autre vole encor.
Éveille-toi; daigne encor me connoître,
Peuple amoureux; peux-tu cesser de l'être?
Le péril suit un amant jusqu'au port;
S'il s'y repose, il sommeille, et s'endort,

Pour l'exciter, cherchons-lui des obstacles :
Par eux l'Amour opere ses miracles.
Heureux qui craint les chaînes d'un époux,
Les yeux d'un pere, et les pas d'un jaloux !
L'amant glacé, qui jouit sans contrainte,
Voit sans plaisir ce qu'il obtient sans crainte ;
Et le stilet, l'escalade, et la nuit,
Prêtent un charme aux beautés que l'on suit.
L'envie, Argus, et Junon irritée,
Rendent plus belle Io persécutée.
   Le tête-à-tête, au début si charmant,
Passe à la fin du délire au tourment.
On s'est tout dit ; et l'amante s'accuse
Près d'un amant bégayant une excuse.
D'un peu d'absence inquiétez l'Amour,
Et vendez-lui le plaisir du retour.
Craignez des nuits la langueur redoutable :
Il n'est qu'un temps pour la trouver aimable.
Quand du plaisir le trait est émoussé,
Plus d'un athlete, avant l'aube glacé,
Attend le jour, se morfond, et se gêne :
Il faut un dieu pour une nuit d'Alcmene.

Par un utile et dangereux secours
La jalousie aide encore aux Amours.
Mais n'aimons pas comme on dit qu'on déteste :
Fuyez ce monstre à qui tout est funeste,
Qui, n'écoutant qu'un soupçon orageux,
Se plaint des ris, s'effarouche des jeux.
Le nom d'Amour est du fiel en sa bouche;
Sa main flétrit les roses qu'elle touche;
Tout l'empoisonne; et, malgré sa noirceur,
Du tendre Amour elle se dit la sœur.
Ah! connoissez une autre jalousie :
D'amour, d'espoir, et de crainte, saisie,
Les yeux en pleurs, et les cheveux épars,
Levant au ciel le feu de ses regards,
Sans invoquer Médée et sa magie,
Sa douce voix soupire une élégie;
Le prompt oubli succède à son erreur;
Tendre à l'excès, elle aime avec fureur,
Soupçonne, éclate, accuse, mais pardonne, ·
Et rend heureux Pâris aux pieds d'OEnone.
Telle n'est point la tempête des airs
Lorsque Junon, parcourant l'univers,

Met tout en feu pour un époux volage;
Mais telle Iris, plus calme en son nuage,
En soupirant verse encore des pleurs,
Revoit son astre, et reprend ses couleurs.
   Souvent l'humeur d'une maîtresse altière
Fait d'un reproche une rupture entière.
Je n'ose aussi prescrire à deux amants
L'art dangereux des raccommodements.
Pour ranimer un feu que le temps glace,
Paroissez craindre un coup qui vous menace :
Le sentiment, foible, éteint à moitié,
Renaît bien vîte aux pleurs de la pitié.
Je le redis enfin : que le mystere
Soit à l'Amour un rempart salutaire.
Ce dieu sera vainqueur de tout effort
S'il s'y retranche, et vaincu s'il en sort.
Qu'à pas comptés la sûreté vous guide :
Au bout du monde est le palais d'Armide ;
Et quand l'Amour vole au sein de Psyché,
C'est un désert où l'Amour est caché.
   Tel est, Daphné, l'encens que je t'adresse :
Je dis mon culte, et voile ma déesse ;

Sous un nom feint le tien est adoré,
Et de nos feux l'asyle est ignoré.
Pour y tracer la volupté suprême,
Je te peindrai, toi, la volupté même.
Accourez tous, amants faits pour m'ouïr :
J'ouvre les cieux, et j'enseigne à jouir.

CHANT TROISIEME.

Vénus, ô toi, déesse d'Épicure,
Ame de tout, qui remplis la nature;
Qui, mariant tant d'atômes divers,
D'un nœud durable enchaînes l'univers,
C'est toi qui vis dans tout ce qui respire;
Mais c'est dans l'homme où siege ton empire.
Tu descendis au terrestre séjour
Pour l'animer du sympathique amour.
Il est des sens émanés de ta flamme,
Trésors de l'homme, organes de son ame,
De sa jeunesse aimables enchanteurs,
Et de l'amour rapides inventeurs.

Ces rois de l'homme ont un roi qui les guide,
Et sur eux tous c'est l'instinct qui préside.
Sœur de l'instinct, la curiosité
Devant ses pas fit briller sa clarté,
Leva son voile entr'ouvert à mesure,
Guida ses pas tournés vers la nature,
Et, par degrés ménageant ses desirs,
Pour tous les sens trouva tous les plaisirs.

Pour ces plaisirs qu'on blâme et qu'on adore
L'antique erreur a condamné Pandore,
Lorsque apportant le bonheur en son sein,
Des passions elle enfanta l'essaim.
L'homme avant elle, et sans ame et sans force,
D'aucun penchant ne connoissoit l'amorce;
Séché d'ennuis, de langueur consumé,
Obscur, rampant, vivoit inanimé,
Réduit, sans voir, sans jouïr, sans connoître,
Au froid plaisir de végéter et d'être :
Par ses trésors que le ciel dispensa,
L'homme eut une ame; il sentit, et pensa.
Mais c'est l'amour, source heureuse et féconde,
Qui de ses dons fut le plus cher au monde.
S'il eut alors des succès éclatants,
Si l'art d'aimer fut le même en tout temps,
L'art de jouïr augmenta d'âge en âge.
Le goût, les mœurs, la culture, l'usage,
À ses plaisirs prêterent mille attraits :
À Suze, à Rome, on sentit ses progrès.
Quel fut l'amour de Tarquin, de Clélie,
Près d'une nuit d'Octave et de Julie?

Toujours utile aux plaisirs amoureux,
Le luxe a fait le siecle des heureux.
La terre entiere, aujourd'hui sa patrie,
À mis son sceptre aux mains de l'industrie :
Dieu des talents, du travail, et des arts,
Tout vit par lui, tout brille à ses regards.
Mille vaisseaux élancés des deux mondes
Sont ses autels qui flottent sur les ondes
Pour apporter, plus prompts que les desirs,
D'un pole à l'autre un tribut aux plaisirs.
Il est le dieu des fêtes d'Idalie :
Avec l'Amour ce dieu charmant s'allie,
Dore ses traits, prépare son encens ;
Dans une fête, il réveille les sens :
Sur des coussins il endort la mollesse ;
Son opulence invite à la tendresse ;
Ses dons vainqueurs soumettent la fierté ;
Et sa richesse embellit la beauté.

   Sans lui pourtant, riche assez de lui-même,
L'amant heureux jouït de ce qu'il aime ;
Et j'établis dans nos tendres desirs
Le sentiment base de tous plaisirs.

La volupté, profonde, inaltérable,
Dans l'ame seule a sa source durable.
L'ame, écartant le terrestre bandeau,
De Prométhée allume le flambeau,
Nous ouvre enfin cette route embrasée
Par où l'Amour mene à son Élysée.
   Connoissez donc ses élans, ses transports.
Le dieu des sens peut triompher alors,
S'unir à l'ame, y verser son délire,
Et rendre au cœur le charme qu'il en tire.
Mais redoutez, possesseur trop heureux,
L'excès fatal du tribut amoureux.
Qu'un salamandre en ses premiers vertiges
Tombe énervé pour conter ses prodiges :
Un sage athlete, au combat plus certain,
Retrouve au soir ses combats du matin :
Silene a bu; mais la soif qui lui reste
Surnage encor sur sa coupe céleste.
Aimons ainsi : l'Amour doit avec soin
Laisser grossir le torrent du besoin.
Que le vainqueur dans les courses d'Élide
Arrive au but du pas le plus rapide;

Qu'un amant soit, pour remporter le prix,
Lent à la course, aux tournois, de Cypris :
Dans mes amours c'est vous que je préfere,
Jeux suspendus, plaisirs que je differe;
Durant un siecle, aux portes du desir,
Éternisons la chaîne du plaisir.

Qu'un calme utile au délire succede ;
Que la folie occupe l'intermede :
Mille baisers, donnés, pris, et rendus,
Cent petits noms sans ordre confondus,
Serments, soupirs, jusqu'au silence même,
Tout est divin aux bras de ce qu'on aime.

Rappelez-vous par des récits charmants
De vos amours l'attente et les tourments,
Les premiers jeux d'une pudeur timide,
Et cette nuit où l'on fut un Alcide :
Un mot, un geste, un caprice, un desir,
Change soudain l'attaque du plaisir.
On veut, on tente, une approche nouvelle :
Tel Phidias ajustoit son modele.

L'amant heureux qui veut l'être long-temps
Fuit du soleil les rayons éclatants :

Dans un jour doux, ni trop vif ni trop sombre,
La nudité veut pour gage un peu d'ombre.
L'âge et Lucine alterent mille attraits;
La Beauté même a toujours ses secrets.
Du dieu du jour Vénus fut adorée;
Mais tant d'éclat effraya Cythérée,
Et la déesse, évitant ses regards,
Pour se cacher prit les tentes de Mars.
Couple amoureux, par cette loi prudente,
Le péril cesse, et le plaisir augmente.
Redoutez donc le coup d'œil hasardeux
D'un examen fatal à tous les deux.

Ma voix dictoit ces maximes connues,
Quand tout-à-coup, fendant le sein des nues,
L'Amour lui-même a suspendu mes sons.
Cesse, a-t-il dit, de trop vagues leçons;
À mes plaisirs prête un autre langage;
Fuis le précepte; enseigne par image:
Monte, et suis-moi. Son char étincelant
M'a fait voler par un sentier brûlant.
J'ai vu Paphos, Amathonte, et Cythere;
Je l'ai suivi dans l'isle du mystere.

Viens, m'a-t-il dit, entends ici ma voix,
Écoute, écris, et peins ce que tu vois.
   Eh! de quels traits, Amour, puis-je décrire
La volupté, reine de cet empire?
Je vis son temple où brilloient tous les arts.
Le frontispice, éclatant aux regards,
Fait voir ces mots gravés pour tous les âges :
JOUIR EST TOUT : LES HEUREUX SONT LES SAGES.
Là, présidant aux plaisirs amoureux,
Déesse heureuse, elle y rend tout heureux.
Elle jouit, s'endort, ou se réveille,
Aux sons flatteurs qui charment son oreille.
De son pouvoir le trône solemnel
Est une alcove; un lit est son autel.
Près d'elle assis, dans son apothéose,
Est le bonheur, le front paré de rose.
L'espoir brillant, de faveurs entouré;
La pamoison, l'œil au ciel égaré;
La jeune audace, et la langueur mourante,
Des doux baisers la foule renaissante,
Le rapt vainqueur, l'attentat libertin,
Le dieu charmant des songes du matin;

Voilà sa cour. La jeune souveraine,
D'un holocauste à toute heure certaine,
Voit jour et nuit, sur des cœurs palpitants,
Sacrifier des prêtres de vingt ans ;
Et, tour-à-tour dans ces jeux qu'elle anime,
Elle sourit au cri d'une victime.
Plus incertain du choix des voluptés,
Je parcourus ces jardins enchantés.
Dans le séjour d'une éternelle aurore,
Les soins de l'art, les prodiges de Flore,
Ont surpassé les chefs-d'œuvres unis
D'Alcinoüs, Lucullus, Adonis.
Du sein riant qu'étale la nature
Naît le parfum, l'émail, et la verdure ;
Des bois profonds, des portiques ouverts,
Les chants d'amour de mille oiseaux divers,
L'onde et ses jeux, la fraîcheur, et l'ombrage,
De la mollesse offrent par-tout l'image,
Et font sentir aux sujets de l'Amour
L'esprit de feu qui regne en ce séjour.
Là, figurés par des marbres fideles,
Les dieux amants sont offerts pour modeles,

Sous mille aspects leurs grouppes amoureux
De la déesse expriment tous les jeux.
C'étoit Léda sous un cygne étendue;
Neptune au sein d'Amymone éperdue;
Vénus aux bras d'Adonis enchanté.
Là tout objet, vu pour être imité,
Fait une loi. Sous cent formes, lui-même,
Jupiter dit comme il faut que l'on aime.
Suivons des dieux dont l'empire est si doux!
Adorons-les ces dieux faits comme nous.

D'autres objets qui peuplent ces ombrages
Sont de l'amour les mobiles images;
Sur des gazons couronnés de berceaux,
Au fond des bois, dans les prés, dans les eaux,
Par mille jeux, mille études charmantes,
Cupidon même enseigne mille amantes,
Se reproduit sous les formes qu'il prend,
Toujours le même, et toujours différent.
Loin de ses sœurs une Grace timide
Suit dans les bois un Faune qui la guide.
Tendre et farouche, elle veut, et défend,
Contient le Faune à demi-triomphant,

Fuit, et l'appelle, et pardonne, et s'offense,
Pour mieux jouir suspend la jouissance,
Prépare, amene, augmente, ses desirs
Par des baisers, précurseurs des plaisirs,
Ne rougit plus de parler et d'entendre,
S'émeut, arrive au transport le plus tendre.
C'est Aglaé qui commande à son tour,
Et qui provoque et l'amant et l'amour,
Reçoit, rend tout, et, mourant de tendresse,
N'accuse plus qu'un retard qui la blesse.
    Près d'un autel, sous des pampres divins,
Dansoient au loin Ménades et Sylvains.
Aux yeux de tous une folle Bacchante
Paroît en l'air aux bras d'un Corybante,
S'agite au bruit du cistre qu'elle entend,
Et veut l'excès du plaisir d'un instant.
Sa voix l'anime, et sa main chancelante
Presse un raisin sur sa bouche brûlante,
La double ivresse opere tour-à-tour;
Bacchus reçoit les victimes d'amour;
Et la Thyade, en sa fougue nouvelle,
Chante Évohé, danse, boit, et chancelle,

Peint son ivresse aux pas qu'elle décrit,
Et tombe aux pieds de Silene qui rit.
  De cette orgie, où régnoit le délire,
Aux bains d'Amour un autre objet m'attire.
L'amant qui touche à ces magiques eaux
Reçoit une ame et des sens tout nouveaux.
Dans un bassin creusé par la nature,
Sur un fond pur, dort une onde aussi pure :
C'est là qu'Olympe a suivi son amant.
A peine Iphis y descend un moment,
Qu'en lui s'allume une flamme nouvelle :
Olympe est nue, Iphis est nu comme elle ;
Elle en rougit ; et, fuyant de ses bras,
Cherche dans l'onde un voile à ses appas ;
Il suit, l'atteint, et cette onde écumante
Reçoit Iphis aux bras de son amante.
Tous deux unis sur le sable étendus,
Le flot pressé ne les sépare plus.
Sous les efforts de l'amant qui surnage
L'eau qui s'agite inonde son rivage,
Et, loin de nuire à leurs sens allumés,
Produit les feux dont ils sont consumés.

Telle n'est point, avec sa cour austere,
Diane au bain tristement solitaire :
Mais telle on vit la source de ces eaux
Où Salmacis brûloit dans ses roseaux,
Lorsqu'en ses bras la jeune enchanteresse
D'Hermaphrodite excita la tendresse;
Lorsque, tous deux enivrés, éperdus,
L'amour unit leurs sexes confondus.

Mais quelle fête au temple me rappelle?
Quel chant de joie y cause un nouveau zele?
Tout s'y prépare au sacrifice heureux
De deux amants liés des premiers nœuds.
L'Amour amene aux pieds de l'immortelle
Zélide, Agis, colombes dignes d'elle.
Tous deux sans art, brillants de ces attraits
Où la jeunesse imprima tous ses traits,
Tous deux comblés des dons du premier âge,
Ils s'adoroient : mais, foible en son hommage,
L'amour captif attendoit son essor :
Ils s'adoroient, mais s'ignoroient encor;
Ils s'épuisoient en stériles caresses,
Se prodiguoient d'inutiles tendresses :

Troublés, confus, leurs sens embarrassés
En leur parlant ne parloient point assez.
Entends nos vœux, dit-il; vois les prémices
De deux amants qui cherchent tes délices.
Du dieu des cœurs nous connoissons la loi:
Dignes de lui, rends-nous dignes de toi.
Pour mériter tes chaînes fortunées,
Accrois nos sens, ajoute à nos années;
Aide à l'Amour qui s'épuise en desirs:
Il donne un cœur; tu donnes les plaisirs.

Amants, dit-elle, oui, vous m'allez connoître;
Venez jouir, et commencer à naître.

En les liant de festons amoureux,
De sa main même elle en serre les nœuds.
On les conduit par son ordre suprême,
Au fond du temple, au lit de l'Amour même,
Lieu de délice, au vulgaire caché,
Où triompha le monstre de Psyché.
Sans la pâleur des flambeaux d'Hyménée
S'ouvrit pour eux la couche fortunée.

Là, tout-à-coup, élancés, étendus,
Ils sont unis, éclipsés, confondus;

8

Leur ame entiere et s'égare et se noie
Dans un abyme et d'ivresse et de joie.
Pour tant d'amour, tant d'objets, tant d'appas,
Leurs sens unis ne leur suffisent pas.
Bientôt Agis en connoît mieux l'usage,
Plus irrité par l'obstacle de l'âge.
Agile est tendre, il presse, il est pressé,
Combat, assiege, embrasse, est embrassé,
Hâte, ou suspend un succès trop rapide ;
Il soupiroit, il nommoit sa Zélide :
Zélide enfin l'appelant à son tour,
Avec son nom part le cri de l'amour.

  Dans le silence une immobile extase
Rallume, étend, le feu qui les embrase ;
Sur son amante Agis ouvre les yeux :
Piquante image ! aspect délicieux !
Comme l'oiseau dont le vol se déploie,
Qui tout-à-coup plane en l'air sur sa proie,
Agis ainsi, de retour au combat,
Reprend son vol, fond, s'éleve, ou s'abat :
À sa défaite elle-même conspire,
En se pâmant Zélide encor soupire :

Agis se meurt; et l'Amour étonné,
Deux fois vainqueur, l'a deux fois couronné.
Ivre d'amour, de langueur abattue,
Elle suspend un plaisir qui la tue,
Et dans les bras d'Agis et du sommeil
Tombe, et s'endort dans l'espoir du réveil.
  Plus vigilant, plus heureux que Céphale,
Agis s'éveille; et l'aube matinale
Offre à ses yeux, par de nouveaux appas,
Des voluptés qu'il ne connoissoit pas.
Zélide alors, sans crainte, sans alarmes,
Aux yeux d'Agis prodiguoit tous ses charmes.
L'amour, un songe, et leurs douces chaleurs,
Couvroient son teint des plus vives couleurs.
C'est l'abandon, la langueur, la mollesse,
Et ce désordre où le plaisir nous laisse.
D'un de ses bras son front s'est couronné;
Sur son amant l'autre est abandonné;
De ses cheveux les boucles étalées
Sont dans les fleurs éparses et mêlées;
Son sein respire, et, par son mouvement,
Près de son cœur appelle son amant.

Par-tout Agis voit, contemple, dévore,
Ce qu'il a vu, ce qu'il veut voir encore.
Sa main avide, au gré de tous ses vœux,
Détache un voile, enleve ses cheveux,
Presse, et parcourt le corail et l'albâtre :
Sur chaque objet un coup-d'œil idolâtre
Y précipite un baiser qui le suit.
Tel un ruisseau qui serpente et qui fuit,
Se repliant sur sa route fleurie,
Baigne l'émail de toute la prairie :
Tel est Agis ; en vainqueur satisfait,
Il s'applaudit des ravages qu'il fait,
Et reconnoît sur des traces charmantes
De ses baisers les empreintes brûlantes.

Tu dors, Zélide, et je jouis sans toi ;
Vois mon bonheur, regarde, écoute-moi,
J'ai cent plaisirs, tu n'as qu'un vain mensonge,
Et je te vois, quand tu ne vois qu'un songe.
Il soupira : Zélide l'entendit,
Ouvrit les yeux, soupira, s'étendit,
Leva sa main ; hélas ! sa main timide
N'osoit tomber ; Agis en fut le guide...

A cette approche un feu qui les brûla
De veine en veine aussi-tôt circula.
Zélide, Agis, sur leurs bouches de flamme
Réunissoient les moitiés de leur ame;
Et si leur bouche est oisive un moment,
Organe utile à leur emportement,
Elle confond ces paroles de joie
Qu'à son amant une amante renvoie,
Ces noms, ces cris, ces soupirs agaçants,
Aiguillons sûrs des plaisirs renaissants.

   Où suis-je, Amour, et quel feu me dévore?
Quels traits, dis-moi, peux-tu lancer encore?
De tes fureurs cesse de m'agiter :
Pour trop sentir, je ne puis plus chanter.

   Ici, Daphné, couronne ton ouvrage,
De nos plaisirs vois si j'ai peint l'image;
Pour toi l'Amour dictant ce que j'écris
T'en fit l'objet, et le juge, et le prix.
Ouvre les yeux, son flambeau va te luire;
Vois, connois tout : le charme est de s'instruire.
Suis pas à pas ton instinct curieux :
C'est un bonheur inconnu même aux dieux;

Ils savent tout. Adore ton partage;
Sors doucement du berceau de ton âge;
J'aime une fleur lente à s'épanouir :
C'est par degrés qu'il faut plaire et jouir.
    Hélas ! mon ame, à l'amour tout entiere,
Trop diligente, épuisa la matiere ;
Je dévoilai les secrets de Cypris :
Amour, pourquoi m'en avoir tant appris ?
Ou que ne puis-je, ô maître que j'adore,
Oublier tout pour m'en instruire encore !

FIN DE L'ART D'AIMER.

PHROSINE

ET

MÉLIDORE,

POËME.

PHROSINE

ET

MÉLIDORE.

CHANT PREMIER.

MUSE plaintive, ô toi qui fais répandre
Ces pleurs touchants, délices d'un cœur tendre,
Des vrais amants toi qui peins le malheur,
Donne à ma voix l'accent de la douleur.
Que la pitié, les regrets, les alarmes,
Où l'intérêt fait trouver tant de charmes,
En soupirant accompagnent tes pas.
Toi qui chantois Léandre et son trépas,
Sur ce rivage où l'Amour pleure encore,
Chante avec moi Phrosine et Mélidore.
Noms immortels, noms si chers à l'Amour,
L'oubli vous rend à la clarté du jour.

Près des écueils de Charibde et de Scylle,
Paroît Messine aux rives de Sicile.

9

Là cent palais, souverains de ces mers,
Le pied dans l'onde, ont le front dans les airs.
Son port superbe, abri de la fortune,
Sauve Plutus des fureurs de Neptune;
Tout l'or de l'Inde éclate sur ses bords;
Mais c'est en vain que l'Asie et ses ports
Comblent le sien de richesses nouvelles;
Ses vrais trésors étoient deux cœurs fideles.
Là Mélidore avoit reçu des cieux
Des biens sans nom, des vertus sans aïeux;
Là, dans le sein d'une illustre famille,
Des Faventins on voit briller la fille.
Peindrai-je, ô dieux! sa grace et ses attraits?
Que l'art fécond forme les plus beaux traits;
Qu'il embellisse, exagere, imagine;
Il rend Vénus, et ne rend pas Phrosine.
Son ame étoit le pur souffle des dieux;
Un doux rayon éclatoit dans ses yeux;
Son âge heureux sortoit de son aurore;
C'étoit le teint et la taille de Flore;
C'étoit d'Hébé le sourire vainqueur,
Et cette voix, l'écho touchant du cœur.

Son cœur enfin fut le don trop funeste
Qui couronna, mais perdit, tout le reste.
Long-temps l'Amour, tremblant à ses genoux,
En fit l'espoir, et le tourment de tous ;
Dans son carquois ses traits dormoient encore ;
Mais à Phrosine il fit voir Mélidore :
De leurs regards partit un double éclair
Pareil à ceux qui se croisent dans l'air,
Rapide élan, tendre accord, bien suprême,
Moment d'extase, où l'on plaît comme on aime.
Ce fut aux jeux qu'on célébroit au port
Qu'Amour en eux montra ce doux rapport.

Mille Beautés, dans ces fêtes brillantes,
Voguoient en mer sur des barques galantes.
Phrosine y vint, Mélidore y courut ;
Pour eux la fête aussi-tôt disparut ;
Sans se parler leurs regards s'entendirent ;
De leurs transports leurs ames s'applaudirent.
Tout le progrès, tout l'effet que produit
Le cours du temps, d'un instant fut le fruit.
Le tendre aveu de leur commune atteinte,
Fait sans détour, fut écouté sans feinte ;

Mais des rivaux l'attente, et le courroux,
L'œil des parents, le réveil des jaloux,
Vint arrêter l'Amour dans sa carriere,
Et de l'obstacle éleva la barriere.
Phrosine avoit deux freres, ses tyrans,
Deux Faventins, orgueilleux de leurs rangs:
L'un, c'est Aymar, ivre de sa naissance,
Des plus grands noms recherchant l'alliance;
Jule étoit l'autre; un trait empoisonné
L'avoit rendu plus craint que son aîné.
Dès son jeune âge un amour trop funeste
Livra son ame aux flammes de l'inceste:
C'est un regard aussi pur que le jour
Qui donna l'être au plus impur amour.
Tel le poison dont Circé fait usage
Naît du soleil, honteux de son ouvrage.
Le même jour qu'Aymar ambitieux,
Sacrifiant Phrosine à ses aïeux,
Nomme l'époux que son choix lui destine,
Ce jour-là même, à sa sœur, à Phrosine,
Jule, en secret avouant ses ardeurs,
Lui dévoila son crime et ses fureurs.

« Ma sœur, dit-il, tu vas frémir sans doute;

« Plains-toi, rougis, frissonne, mais écoute :

« Enfin mon cœur échappe à mes efforts,

« En te voyant je cede à ses transports;

« Je ne puis plus te cacher qu'il t'adore,

« J'étouffe en vain le feu qui me dévore;

« Hélas ! ce feu s'accroît loin d'expirer;

« Par mes efforts je l'excite à durer,

« Et je me fais une guerre cruelle.

« Pourquoi le ciel, en te créant si belle,

« S'il m'a connu, m'a-t-il mis près de toi?

« De t'adorer il m'imposa la loi.

« Rappelle ici le berceau de notre âge,

« Nos premiers goûts, nos jeux, notre langage,

« Cette union, ces faveurs, ces plaisirs,

« Que permet l'âge à d'innocents desirs,

« Jeune imprudent, sans remords, sans alarmes,

« Je m'enivrois du poison de tes charmes :

« Mon cœur enfin te parla sans détour;

« La voix du sang fut celle de l'amour :

« J'en vis le crime, et ne pus m'en défendre.

« Phrosine !... Ah dieux ! tu frémis de m'entendre;

« Demeure, attends... j'expire si tu fuis.

« J'ai si long-temps dévoré mes ennuis!

« Mais ton hymen aujourd'hui m'assassine.

« Un autre, ô ciel, dans les bras de Phrosine!

« Un autre...! et moi, déchiré nuit et jour,

« J'aurai sans toi mon crime et mon amour!

« Pardonne, ou frappe : indulgente, ou sévere,

« Parle, et choisis d'un époux ou d'un frere :

« Si je te perds, je suis mort; et ta main

« En se donnant, me percera le sein ».

Que devint-elle à cet aveu terrible!

Phrosine éprouve un sentiment horrible,

Mêlé d'effroi, de honte, et de pitié.

Jule avoit eu sa plus tendre amitié;

Sans cet amour Jule étoit digne d'elle :

Mais détestant sa flamme criminelle,

Elle recule, et, détournant les yeux :

Fuis-moi, dit-elle; abandonne ces lieux;

Va, ne crains point l'époux qu'on me destine,

Et, si tu peux, garde un frere à Phrosine.

De cet hymen un bruit sourd répandu

Fit accourir Mélidore éperdu;

Et cet amant, apportant ses alarmes,
Vint à Phrosine arracher d'autres larmes.
Ainsi l'orgueil, la nature, et l'amour,
Par trois liens l'enchaînoient tour-à-tour.
Sans cesse Aymar lui parloit d'hyménée;
Jule traînoit sa vie infortunée;
Et par tous deux Mélidore alarmé
Goûtoit en vain le bonheur d'être aimé.
Né sans noblesse, il crut que l'opulence
Des Faventins tenteroit l'alliance.
Ainsi l'Amour, sur les ailes du vent,
Le fit courir aux portes du Levant:
Ligués pour lui, Mars, Éole, et Neptune,
Accéléroient le cours de sa fortune;
Par leur objet rendus plus précieux,
Ses biens sacrés intéressoient les dieux.
Riche sur-tout d'un espoir inutile,
Il vole, arrive au phare de Sicile;
Il voit Phrosine : il croit que ses destins
Vont l'égaler au sort des Faventins;
Phrosine même en conçoit l'espérance :
On parle, on presse, on discute, on balance :

Enfin, la gloire étouffant l'intérêt,
L'amour reçoit le plus fatal arrêt,
Jule amoureux nuit sur-tout à leurs flammes :
Le désespoir s'empare de leurs ames,
Adieu, Phrosine, adieu ; j'ai tout perdu,
S'écrie alors Mélidore éperdu ;
Le ciel n'a pu voir unir sans envie
Mon être au tien, mon destin à ta vie.
Que sert tout l'or que Neptune a sauvé ?
Je perds Phrosine ; on m'a tout enlevé.
Dans la mort seule est l'espoir qui me reste ;
Je l'obtiendrai par un exil funeste :
Si j'attachai ma vie à tes appas,
Je dois la perdre où tu ne seras pas.
J'y cours... Tu pars, et je ne puis te suivre !
Dieux, à quels maux ta fuite ici me livre !
L'Hymen, l'Amour, vont me persécuter.
Non, pour te voir j'oserai tout tenter.
Espere, attends, ranime mon courage :
De ce jardin le mur touche au rivage ;
Près de la mer il peut te ménager
Un accès libre et loin de tout danger,

Voilé par l'ombre, aidé par le mystere,
Tu guideras ta marche solitaire.
J'ai tes serments, je t'ai donné ma foi;
Phrosine a-t-elle à rougir avec toi?
L'amour enfin, ton salut, me décide;
Ma jeune esclave Aly sera ton guide.
Sur nos tyrans les pavots tomberont,
Et Mélidore et l'Amour veilleront.
De quel espoir son alarme est suivie
À ce discours, à ce souffle de vie!
Pour mieux tromper des yeux encore ouverts,
Il feint alors d'avoir rompu ses fers;
Et cependant il brûle de voir naître
L'heure où Phrosine ordonne de paroître.
Elle ignoroit qu'Aymar par ce détour
Souvent la nuit sortoit de ce séjour.

La lune au ciel éclatoit sans nuage
Quand Mélidore, arrivant au passage,
Ouvre, et soudain voit Aymar, en est vu;
Chacun, frappé d'un aspect imprévu,
Frémit, recule, hésite, et se regarde;
Bientôt armé, l'un et l'autre est en garde.

10

Le fer se croise, et, le trait à la main,
Long-temps la mort vole autour de leur sein.
Enfin Aymar, redoublant son audace,
Cherche le coup qui l'étend sur la place.
Jule amoureux, tout plein de ses malheurs,
Là très souvent promenoit ses douleurs.
Cette nuit même, errant sur le rivage,
Il voit de loin ce combat qui s'engage :
Il vole, accourt, trouve Aymar abattu
Qui s'écrioit : ô Jule, que fais-tu ?
Venge ton frere. Ô ciel ! c'est Mélidore !
C'est toi, dit Jule, insolent que j'abhorre ;
Dans ton vil sang j'éteindrai ton amour :
Meurs, traître ! Il dit, et combat à son tour.
Quittant alors la terrasse voisine,
Aly vient, voit, tremble, et vole à Phrosine.
Phrosine accourt ; et, d'un œil éperdu,
Voit sur le corps de son frere étendu
Son frere armé qui combat Mélidore.
De Jule atteint le sang couloit encore.
Elle s'élance au milieu de leurs coups.
Cruels, dit-elle, ô ciel ! que faites-vous ?

Percez Phrosine, ou rendez-lui vos armes.

Ce nom, ces cris, ces beaux yeux tout en larmes,

Ses bras enfin qu'elle levoit aux cieux,

Calment d'abord deux tigres furieux.

Phrosine voit Aymar sur la poussiere,

S'y précipite, et l'embrasse, et le serre.

On vient en foule. Un autre sentiment

La fait trembler pour son cruel amant.

Va, fuis, dit-elle; adieu. Phrosine reste

Dans les horreurs de cet état funeste.

Aymar vécut après de longs secours.

Jule guérit, et soupira toujours.

Au désespoir se livra Mélidore;

Contraint de fuir un séjour qu'il adore,

De sa main même il brûle ses vaisseaux,

Fait croire à tous son trépas dans les eaux,

Et, dérobant les apprêts de sa fuite,

De ses rivaux évite la poursuite :

S'il traîne ailleurs un sort irrésolu,

S'il vit enfin, Phrosine l'a voulu.

CHANT SECOND.

No͞n loin du port, au couchant de la ville,
Du fond des eaux paroît sortir une île,
Un triste écueil, un rocher menaçant,
L'onde en courroux s'y brise en mugissant.
L'un de ses flancs, moins battu par l'orage,
Permet l'abord d'un asyle sauvage.
L'espace étroit du rocher entr'ouvert,
D'herbe, de mousse, et de rameaux, couvert,
Étoit l'abri d'un pieux solitaire,
Vieux pénitent, fugitif volontaire,
Qui, de ce roc ayant fait un saint lieu,
Prioit en paix, et reposoit en Dieu.
Les ans penchoient sa tête octogénaire;
Un sac formoit son vêtement austere;
Sur un cordon sa barbe retomboit,
Et sous son poids un bâton se courboit.
C'est au milieu d'une pente rapide
Que la nature, architecte solide,
Creusa du saint l'asyle révéré.
Là son autel, d'une lampe éclairé,

Étoit orné de grossieres images
Qui des croyants attestoient les hommages.
Un lit de natte, un oratoire auprès,
De la cellule étoient les seuls apprêts.
Le fond de l'antre offroit une ouverture
D'où s'épanchoit une source d'eau pure :
Et, loin du bruit que la vague formoit,
À ce murmure un sage s'endormoit.
Son aliment étoit le coquillage
Qui chaque jour échouoit au rivage ;
Un coin de terre avoit lassé jadis
Ses bras par l'âge énervés et roidis.
Sur le rocher qu'il habitoit encore
Le désespoir conduisit Mélidore ;
Sur une barque en secret amené,
Il se présente au vieillard étonné,
Dit ses malheurs, l'attendrit, et partage
Avec transport cet affreux héritage.
Mon fils, lui dit le solitaire heureux,
Si, dégagé des piéges amoureux,
Ton cœur paisible a bien rompu sa chaîne,
Que béni soit l'heureux jour qui t'amene !

Du sort ici j'ai défié les jeux;
Toujours serein sous un ciel orageux,
J'ai vu, trente ans, le reflux de cette onde
Qui m'invitoit à retourner au monde.
Il m'a trompé; je l'ai fui pour toujours.
Mais, quand je touche au dernier de mes jours,
Le ciel sensible écoute ma priere:
J'aurai ta main pour fermer ma paupiere.
Tu vois mes biens, succede à mon bonheur;
Fuis sans regret un monde suborneur;
Sers Dieu, voilà l'Être qu'il faut qu'on aime;
Et, tout à lui, sois content de toi-même.
Il dit, l'embrasse, et verse dans son sein
Quelques rayons de cet esprit divin.
Mais vainement il combattit sa flamme;
Le calme encore étoit loin de son ame.
Ah! qui pourroit effacer dans un jour
La profondeur des traces de l'amour?
C'est le torrent qui, sillonnant la plaine,
A tout empreint du sable qu'il entraîne.
Les prés rougis, les guérets dépouillés,
Marquent les lieux que son cours a souillés:

Mais un printemps suffit à la nature
Pour réparer l'émail et la verdure;
La vie entiere à peine reproduit
La paix du cœur, qu'un seul instant détruit.
    Bientôt l'hermite, au bout de sa carriere,
Vit sans regret s'éclipser la lumiere;
La faulx du temps l'étendit au tombeau;
Et ce désert eut un maître nouveau.
Ce n'étoit plus cet habitant paisible,
Cet heureux sage, au trouble inaccessible,
Dont aucun choc n'ébranloit la vertu,
Qu'on vit semblable à ce rocher battu
Qui, résistant aux tempêtes de l'onde,
Se reposoit sur sa base profonde :
C'est un amant agité, sans repos,
Tel qu'un navire emporté par les flots.
    Étois-tu donc plus tranquille au rivage,
Toi dont le ciel éprouva le courage?
Quels maux en foule il étendit sur toi
Depuis ce jour de combat et d'effroi!
Mais, faisant tête au destin qui l'opprime,
À tous ces coups Phrosine se ranime,

Son soin actif met tout en mouvement
Pour éclairer le sort de son amant.
S'il vit encore, eût-il traversé l'onde,
Phrosine iroit aux limites du monde :
Mais les Amours n'ont pas volé si loin,
De cette fuite un pêcheur fut témoin ;
Par lui Phrosine apprend tout le mystere :
À ce rapport un trait de feu l'éclaire ;
De son bonheur un rayon se fait voir,
Et rend l'essor aux ailes de l'espoir.

    L'astre brûlant dans sa course rapide
Montoit au signe où le lion préside ;
Flore expiroit. Les plus vives chaleurs
De Cérès même altéroient les couleurs.
Pour fuir les feux de la voûte éthérée,
Doris cherchoit les grottes de Nérée,
Et l'habitant du terrestre séjour
Ne respiroit que la fuite du jour.
La mer, bornant la maison Faventine,
Baignoit les murs qui renfermoient Phrosine :
Un sûr asyle, ignoré dans ces lieux,
Formoit pour elle un bain délicieux.

Là, chaque nuit Phrosine descendue,
Menoit Aly sa compagne assidue;
Là, sans rougir, ses plus secrets appas
Souffroient des yeux qu'elle ne craignoit pas.
Des jours brûlants l'onde appaisoit la flamme
Sans apporter de remede à son ame.
Dans le sommeil ses esprits languissants
Avoient fait place à l'erreur de ses sens.
Des régions qu'habitent les mensonges
Étoit parti le plus heureux des songes;
Non ce vieillard par des hiboux traîné,
Teint de pavots, de crêpe environné,
Mais un enfant sans voile et sans nuage,
Tout rayonnant de l'éclat du bel âge,
Au doux sourire, au teint frais et vermeil :
Il répandoit les roses du sommeil.
Le mouvement de son aile divine
Rafraîchit l'air que respiroit Phrosine;
Sa douce haleine embauma ce séjour :
Ce bel enfant, ce songe, étoit l'Amour.
Ce dieu, traçant de subtiles images,
Peint ses rideaux de riants paysages :

Il met la main sur son cœur, et lui dit :

« Sois attentive au sort qui t'est prédit.

« Vois cet empire où Neptune préside;

« Viens y briller; je t'y fais Néréide.

« Nymphe nouvelle, ose en cet élément

« Suivre l'Amour, et chercher ton amant :

« Brave les flots, les rochers, et l'orage;

« Un Dieu puissant va t'ouvrir le passage. »

  Phrosine alors dans ses destins nouveaux

Crut se jouer, crut voguer sur les eaux ;

L'Amour guidoit sa course fortunée.

Au bord d'une isle elle fut amenée.

« Tu dois, dit-il, y pénétrer un jour,

« Et ton amant est roi de ce séjour. »

  Là disparut l'Amour et son ouvrage :

Elle s'éveille adorant ce présage;

Et, le cœur plein de ce rêve enchanteur,

Elle ose attendre un avenir flatteur.

Avec Aly de ce songe occupée,

Au bain sur-tout Phrosine en est frappée.

C'est toi, dit-elle, ô fatal élément,

Qui de mes bras éloignes mon amant :

. A l'intérêt si tes vagues dociles
Pour les mortels ont des routes faciles,
De ton pouvoir fais un plus digne emploi;
Sers mon amour, élève, emporte-moi,
Unis Phrosine à son cher Mélidore.
En agitant les ondes qu'elle implore,
Soudain le sable échappe sous ses pas,
Son corps s'étend balancé sur ses bras,
Ses pieds de l'onde atteignent la surface;
Un fol espoir animoit son audace.
Aly trembloit, Phrosine s'égarant
Nageoit encor; mais son cœur expirant,
Trop foible, hélas! la rappelle au rivage.
« Aly, dit-elle, as-tu vu? quel présage!
« L'Amour sans doute écoute mes desirs;
« Il soumet l'onde, et commande aux Zéphyrs.
« J'irai plus loin. » Elle dit, et s'élance,
Bat, fend la mer, nage à plus de distance,
Revient, retourne, et, jouant sur les eaux,
S'exerce encore à des périls nouveaux.
Ce que l'Amour inspire à cette amante,
La jeune Aly par amitié le tente.

Un voile tombe, un autre est détaché;
Sous chacun d'eux un Amour est caché;
Mais ces attraits, mais leur grace divine,
Rendent hommage aux graces de Phrosine :
Ses lis sur-tout triomphent en blancheur;
Et Vénus même enviroit sa fraîcheur.
Aly, dans l'onde où Phrosine l'attire,
Étend un pied, pousse un cri, se retire,
Rentre, chancelle, avance; et chaque pas
Ensevelit quelqu'un de ses appas.
Elle ose enfin suivre la Néréide,
Qui sur les eaux se soutient, et la guide.
Phrosine, Aly, s'exerçoient tour-à-tour:
Telles on voit au sommet d'une tour
Prendre leur vol deux jeunes hirondelles,
Et l'annoncer par un battement d'ailes.
L'une en tremblant s'essaie à voltiger ;
L'autre plus prompte affronte le danger,
Désigne un terme au vol qu'elle médite,
Part, vole, fuit; sa compagne l'imite,
La suit, l'atteint, et toutes deux au pair
Vont mesurer les campagnes de l'air.

CHANT TROISIEME.

LE préjugé sous des chaînes cruelles
Assujettit l'ame et l'esprit des belles.
Reines des cœurs, mais esclaves des lois,
L'orgueil de l'homme usurpa tous leurs droits.
Il asservit l'idole qu'il encense;
Il rend le culte, et ravit la puissance;
En adorant il regne, et dans ses dieux
Voile un éclat qui blesseroit ses yeux.
Sexe adoré, quelle seroit ta gloire
Si, te laissant disputer la victoire,
Tes humbles vœux n'avoient pas limité
Ton apanage aux dons de la beauté!
Telle une source, et brillante et féconde,
Naît dans l'espoir de parcourir le monde,
Roule ses flots, et, d'un cours qu'elle étend,
Promene au loin leur tribut éclatant;
Mais l'art trompeur, l'arrêtant sur la rive,
Par cent canaux l'enchaîne et la captive:
Ainsi borné, son cours infructueux
N'embellit plus qu'un jardin fastueux;

Dans leurs prisons ces ondes étrangeres
N'arrosent plus que des fleurs passageres:
Rompez la digue, un fleuve naît alors,
S'étend, circule, enrichit tous ses bords,
Répand l'espoir, la vie, et la fortune,
Et va grossir l'empire de Neptune.
De la Beauté tel seroit le destin :
Brisons ses fers, son triomphe est certain.
Une loi juste attache à son essence
Grandeur, courage, activité, science.
Muses, par vous nous sont donnés les arts :
Diane abat les monstres sous ses dards:
Aux champs troyens, près d'Hector et d'Atride,
Vénus combat, et Pallas tient l'égide :
Qu'un trait d'audace aussi digne des dieux
Par un prodige étonne ici les yeux;
Phrosine, esclave au palais de ses freres,
Étoit en butte à des assauts contraires.
Aymar croyoit par un sort inhumain
Lasser son cœur et conduire sa main :
Cependant Jule, idolâtrant Phrosine,
Rompt en secret les nœuds qu'on lui destine;

Le traître alors, en voilant sa noirceur,
Trompoit les yeux de sa crédule sœur.
À ses côtés Phrosine sans alarmes
S'applaudissoit de l'oubli de ses charmes,
Marchoit au piege, et ne redoutoit pas
Les feux couverts qui dormoient sous ses pas.
Tel dans ses flancs le Vésuve perfide
Semble amortir sa flamme moins rapide;
La terreur cesse : on voit autour de lui
Se rapprocher les troupeaux qui l'ont fui;
Cérès étend sa nouvelle culture;
Quand, tout-à-coup effrayant la nature,
Le volcan brûle, et son déluge affreux
Couvre les champs de bitume et de feux.
Sous les dehors de son amitié feinte,
Jule à sa sœur ôtoit donc toute crainte;
Ils s'occupoient à d'innocents plaisirs :
Souvent au soir le souffle des zéphyrs
Les promenoit sur les vagues profondes.
Tous deux un jour ils voguoient sur les ondes,
Jule, Phrosine, un guide qui ramoit.
Aly, qu'enfin nul soupçon n'alarmoit,

Restoit au port. Jule aussitôt dans l'ame
Cede à l'espoir de sa coupable flamme.
Quels traits, Amour, prends-tu dans ta fureur!
L'œil égaré, le front pâle d'horreur,
Il voulut rompre un silence farouche;
Le crime hésite à sortir de sa bouche;
Mais dans ses yeux Phrosine a vu sa mort.
« Mon frere, ô ciel! d'où te naît ce transport?
« — Tu vois, dit-il, la rame qui retombe
« Sur cet abyme; elle y creuse ma tombe,
« J'y vais périr, si ton cœur plus humain,
« Si ta pitié n'en ferme le chemin.
« Un mot aussi m'ouvrira le ciel même.
« La mort, ou toi, c'est le sort de qui t'aime.
« Phrosine, ah dieux! si, perdant ton courroux...
« Nous sommes seuls; j'expire à tes genoux:
« Rends-toi; je meurs... Non, traître, dit Phrosine;
« Ah! descendons sur la rive voisine,
« Jule... obéis... Non, reprit-il, attends;
« Je te rendrai libre dans peu d'instants;
« J'en ai trop fait, trop de fureur m'anime,
« Pour n'emporter que la moitié du crime.

« Jule en mourant goûtera la douceur
« De triompher de sa barbare sœur. »
Moment affreux! Phrosine sans défense
Voit de la mer la solitude immense,
Se jette aux pieds de son frere inhumain;
En frémissant elle baise sa main,
Veut l'arrêter, le conjure, l'appelle.
« Quel lieu! quel temps! differe au moins, dit-elle,
« Vois ce forçat; peux-tu d'un tel regard...
« —Attends, je vais d'un coup de ce poignard... »
Elle l'arrête, et, sauvant sa victime,
Touche à l'instant de voir combler le crime.
Tel un oiseau, de frayeur expirant,
Voit sur sa tête un faucon dévorant.
Phrosine alors joint l'adresse au courage,
Feint de céder, fuit ses bras, se dégage,
Et dans les eaux se plonge au même instant.
Jule la suit en s'y précipitant :
Il disparoît, et Phrosine surnage;
De tout son art Phrosine fait usage.
Le matelot vouloit sauver ses jours.
« Va, porte ailleurs, dit-elle, ton secours :

« Sauve ton maître. » Il y vole, et l'amene
À demi mort étendu sur l'arène.
Phrosine aborde, et du monstre odieux
Dérobe encor le crime à tous les yeux.
La seule Aly sait l'aventure affreuse.
« Hélas! disoit l'amante malheureuse,
« Si par les flots j'échappe à la noirceur
« D'un assassin, d'un lâche ravisseur,
« Ne puis-je, ô mer, les traverser encore
« Pour retrouver le seul bien que j'adore?
« Sauve l'amour, toi qui sauvas l'honneur :
« Je te devrai deux fois tout mon bonheur ».
Par cet espoir et séduite et guidée,
De quel projet elle enfanta l'idée!
« Elle a, dit-elle, en ce pressant danger,
« Fait un serment qu'elle veut dégager,
« D'un saint devoir il faut qu'elle s'acquitte;
« Un vœu l'appelle au rocher de l'hermite. »
L'austere Aymar, tyran de ses plaisirs,
Laisse un champ libre à ses pieux desirs;
Mais par les yeux d'une importune suite,
De loin encore il veille à sa conduite.

En peu d'instants on la mene en ces lieux.
Elle a sur-tout un desir curieux
D'en voir l'accès, d'en connoître la plage.
Phrosine monte à cet antre sauvage
Le front couvert d'un voile pénitent,
Pour mieux tromper l'insulaire habitant.
À chaque pas son ame se déploie,
Et tous ses sens ont tressailli de joie.
L'âpre sentier ne pouvoit l'arrêter ;
Phrosine avoit des ailes pour monter.
Du solitaire enfin elle découvre
Le toit de jonc, qui lui paroît un louvre.
Les cieux pour elle auroient eu moins d'appas
Que la poussiere où s'impriment ses pas.
Comme elle adresse une ardente priere
À chaque endroit de la sainte chaumiere !
Ce lieu d'effroi, tombeau de son amant,
Devient pour elle un lieu d'enchantement.
Sans être vue elle voit Mélidore ;
C'est son amant, c'est l'objet qu'elle adore.
L'austere habit dont son corps paroît ceint
Releve encor tous les charmes du saint.

Si la langueur dans ses yeux se fait lire,
Elle en jouit, c'est elle qui l'inspire.
Cent fois Phrosine, en son trouble pressant
Veut arracher son voile embarrassant;
À le lever sa main est toujours prête;
La peur toujours l'intimide, et l'arrête.
Phrosine, hélas! tout près de son amant,
Touche ses pieds, baise son vêtement.
« Ange du ciel, je t'implore, dit-elle;
« Joins ta ferveur à l'excès de mon zele,
« Et prends pitié de l'objet que tu vois. »
Phrosine acheve en étouffant sa voix.
Prête à quitter ce bienheureux rivage,
Elle y suspend une dévote image,
Et pour offrande, en ce lieu d'oraison,
Laisse un tribut des fleurs de la saison,
Part ignorée, et retourne à Messine.
Ô malheureux! tu méconnois Phrosine.
C'étoit Phrosine à tes pieds, sous tes yeux:
Quand tu l'appris que devins-tu, grands dieux!
Dans cette offrande, ouvrage du mystere,
Il trouve, il lit un billet qui l'éclaire.

Il doute encore, et, plein d'étonnement,
Relit ces mots : *Phrosine à son amant.*
« C'est ta Phrosine, ô mon cher Mélidore,
« Qui t'a revu, qui veut te voir encore.
« En vain la mer s'oppose à mon effort,
« Ô mon amant, je changerai ton sort.
« Pour nous rejoindre, et nous venger du crime,
« L'art et l'amour m'ont soumis cet abyme.
« Je franchirai cet obstacle odieux.
« Demain, quand l'ombre aura voilé les cieux,
« Sur le sommet de ton rocher aride
« Fais voir au loin un fanal qui me guide :
« J'en ai connu les entours et l'abord.
« Veille sans crainte, attends-moi sur le bord,
« Et tu verras, sur la rive écumante,
« Seule à la nage aborder ton amante.
« L'espoir, l'Amour, son astre, et les zéphyrs,
« Me conduiront au port de mes plaisirs. »
Il lit ; ses pleurs font un voile à sa vue :
Saisi, frappé d'une atteinte imprévue,
Son cœur ému palpite tour-à-tour
D'effroi, d'espoir, de délire, et d'amour.

C'étoit Phrosine! elle a fui, la cruelle!
Il dit, et tombe en disant, *C'étoit elle!*
Collé sur terre, il y reste attaché,
Baisant la trace où Phrosine a marché.
Il se ranime, il vole à cette image;
Il y contemple une femme à la nage,
Près d'un écueil luttant au sein de l'eau:
Il se voit peint lui-même en ce tableau,
Les bras tendus vers l'objet qui s'approche;
L'Amour, assis au sommet d'une roche,
Dans le lointain fait éclater ses feux.
« Ah! je t'entends, dit l'hermite amoureux:
« Mais qu'espérer de ce projet terrible!
« J'y vois, hélas! un obstacle invincible.
« Que veux-tu faire? Attends; tu vas périr.
« Vois quel danger l'Amour te fait courir!
« Phrosine, vois l'abyme que tu passes!
« Ah dieux! ces bras arrondis par les Graces,
« Nés pour l'Amour, consacrés au repos,
« Sont-ils donc faits pour combattre les flots?
« Non, c'est à moi d'en éprouver la rage.
« Ô ma Phrosine, entends siffler l'orage:

« La mort te suit, le naufrage t'attend...
« Demeure... » Il parle à cet objet flottant :
Le jour suivant il lui parloit encore.
Sur l'autre bord l'amante qu'il adore,
De tous ses vœux fatiguant les zéphyrs,
Pressoit la nuit d'avancer ses plaisirs.
Aly, par zele, au rocher veut la suivre;
Par amitié Phrosine s'en délivre;
Mais sa prudence annonce son retour
Dès que ses yeux verront naître le jour.
Déjà dans l'onde achevant sa carriere,
L'astre brillant éteignoit sa lumiere;
Quand sur ces mers Phrosine ouvre les yeux
Pour voir un astre encor plus radieux.
L'air étoit calme, et la vague tranquille
Applanissoit sa surface mobile;
Sur l'horizon la lune en renaissant
Bornoit son orbe au feu de son croissant.
D'autres clartés ne brilloient pas encore.
Déja Phrosine accusoit Mélidore;
Lorsqu'un rayon de l'amoureux fanal
De son bonheur lui montra le signal.

13

Sa main dépouille aussitôt sa parure,
Et l'art banni rend tout à la nature.
Tels d'Amymone on compte les appas
Au bord de l'onde où l'Amour suit ses pas,
Lorsqu'à son gré le zéphyr idolâtre
Flatte, caresse, environne l'albâtre
De tout son corps, qu'elle plonge à l'instant
Au fond des eaux où Neptune l'attend;
Phrosine ainsi voloit à sa conquête.
Un sentiment l'intimide et l'arrête :
En quel état paroîtra-t-elle, ô dieux!
Aux yeux d'un homme; et quel homme! et quels yeux!
Mais son salut impose cette gêne :
L'Amour enfin la décide et l'entraîne.
Il sera nuit; cet homme est son amant :
Partez, Phrosine; on peut tout en aimant.
Vénus ainsi parut au sein de l'onde.
Applanis-toi, vague altiere et profonde;
Régnez, zéphyrs; vents, soyez retenus;
Conspirez tous pour cette autre Vénus.

CHANT QUATRIEME.

Si je tenois les pinceaux d'Ausonie,
Livré sans peine aux écarts du génie,
Je me plairois, mythologue abondant,
À soulever l'empire du trident;
Mille Tritons, suivant mon héroïne,
La chanteroient sur leur conque divine;
La Néréide en gémiroit tout bas,
Et sous les flots cacheroit ses appas.
De ces trésors l'abondance est aride;
L'image est froide où l'intérêt décide.
Hâtons-nous, Muse, il faut en cet écrit
Le cœur qui sent, non l'esprit qui décrit.
J'ai pour toucher d'assez puissantes armes:
Aly craintive est ici tout en larmes;
Là c'est Phrosine exposant ses beaux jours;
Plus loin l'amant qui craint pour ses amours.
De son rocher l'amoureux Mélidore
N'entend, ne voit, n'entrevoit rien encore.
Il marche, écoute, appelle à tout moment,
De son fanal excite l'aliment,

Monte au rocher, redescend au rivage,
Bénit le calme, et conjure l'orage.
Il voit enfin naître un sillon léger;
Un bruit s'éleve, aux vagues étranger;
L'objet paroît sur un flot qui bouillonne;
Il meurt de joie, et de crainte il frissonne;
D'un flot à l'autre il mesure la mer;
Son œil avide a le feu d'un éclair;
Tout son sang brûle, et tout son cœur palpite;
L'objet s'approche, et lui se précipite,
L'atteint, l'enleve au fatal élément.
Ah! quel fardeau pour les bras d'un amant!
Quel coup, ô ciel! quelle scene inouie!
Mais sa Phrosine étoit évanouie;
Trop de frayeur, de fatigue, et d'efforts,
Avoient, hélas! épuisé ses ressorts,
Quand son amant, par cent baisers de flamme,
Rouvre ses yeux, ressuscite son ame,
Rouvre ses yeux, pleins d'un charme nouveau,
Voile son corps des plis de son manteau,
Puis, hors de lui, la contemple, et soupire.
« Ô ma Phrosine, est-ce toi que j'admire?

« Toi que j'embrasse? Hélas! est-ce bien toi?

« À quel danger tu voles sans effroi!

« Vois mon bonheur, mais connois mes alarmes.

« À tant d'horreurs exposer tant de charmes!

« L'as-tu bien pu? — J'aime, j'ai tout osé;

« Tu vois, l'amour m'a rendu tout aisé. —

« C'est toi, dit-il, ô dieux! quand je t'écoute,

« Quand je te tiens, mon ame encore en doute.

« D'un malheureux qui t'a dit le séjour?

« Tes oppresseurs ont-ils perdu le jour?

« Hélas! par eux, victime infortunée,

« Je te croyois à l'hymen enchaînée.

« Tu m'es rendue! et comment! sur quel bord! —

« J'ai su, dit-elle, et ta fuite et ton sort.

« Dans ses effets l'amour en nous differe:

« Le mien agit, le tien se désespere.

« Heureux sans moi tu vis dans ce séjour;

« Moi, sans te voir, j'eusse expiré d'amour.

« Un an! quel siecle a coulé sur ma vie

« Depuis l'instant qu'à moi-même ravie

« Je ne t'ai plus. J'ai tremblé, j'ai frémi

« Des attentats de mon sang ennemi.

« L'odieux Julé a redoublé sa rage,

« Le fier Aymar, pressé mon esclavage.

« Je t'ai gardé cet amour immortel

« Que je te jure ici sur ton autel.

« Amant, époux, prêtre, et témoin ensemble,

« Forme et bénis le nœud qui nous rassemble.

« Le ciel nous voit, il entend nos serments.

« La loi d'hymen, c'est la foi des amants. »

    Et telle fut la foi qu'ils se promirent.

Pour l'assurer leurs deux bouches s'unirent;

L'Amour couvrit leur antre ténébreux,

Et l'univers s'anéantit pour eux.

Né du hasard ou d'un fatal augure,

Un bruit soudain fit trembler la nature;

L'onde en fureur battit les fondements

Du roc affreux, palais de nos amants.

Un coup de foudre en abattit la cime,

Qui s'engloutit au centre de l'abyme,

Avec un bruit qui cent fois redoubla,

Pareil au bruit des monstres de Scylla.

Les vents, les flots, la tempête, et la foudre,

Auroient alors réduit le monde en poudre,

Le couple heureux, de sa chûte accablé,
En eût péri sans en être troublé.
Comme enchanté dans leur grotte profonde,
Leur nouvel être habite un nouveau monde,
Et tous leurs sens en un seul confondus
Semblent s'unir pour aimer encor plus.

   L'aube déja perçant les voiles sombres
Chassoit du ciel la tempête et les ombres;
Et l'horizon, dans un vague lointain,
Étoit rougi des vapeurs du matin;
Quand, l'œil ouvert, Phrosine la premiere
Voit ce rayon d'importune lumiere,
Se plaint du jour qui naît si promptement,
Mais lui fait grace en voyant son amant.
La tendre épouse aux bras de Mélidore
Veut s'arracher; elle y retombe encore.
Lui qui trembloit des dangers du retour
La retenoit par tous les noms d'amour.
L'affreux devoir enfin la détermine.
On pleure; on part. Le retour à Phrosine
Parut plus long : l'objet étoit changé.
Par l'amour seul l'espace est abrégé,

Et par l'espoir son ame est soutenue;
L'épreuve est faite, et la route est connue,
Phrosine ainsi voguoit au gré du sort,
Et son Aly se désoloit au port.
De cette nuit elle avoit vu l'orage;
Tout lui sembloit un garant du naufrage,
Quand sur la vague à ses yeux fut rendu
L'objet si cher qu'elle avoit cru perdu.
Aly reçoit dans ses bras tant de charmes,
Et, les pressant, les baigne de ses larmes,
Avec transport raconte sa terreur,
De cette nuit lui peint toute l'horreur,
Et d'un succès qu'à peine elle ose croire
Veut à son tour savoir toute l'histoire.
Tout lui fut dit; le cœur n'oublia rien;
L'amour heureux conte toujours si bien!...
L'amour heureux veut aussi toujours l'être.
Le feu lointain qu'on avoit fait paroître
Parut encor. Nul astre dans les cieux
Pour l'observer n'exerça tant les yeux;
Nul astre aussi n'eut un cours si fidele.
Prompte à le voir dès qu'il se renouvelle,

Phrosine vole à des plaisirs nouveaux,
Descend au bain, se jette au sein des eaux,
Et, par son art asservissant Neptune,
Commet aux flots l'Amour et sa fortune.
Tout ce qu'on dit des mondes enchantés,
Isles d'Amours, temples des voluptés,
Jardins, palais de Vénus et d'Armide,
Tout étoit là dans un désert aride.

Pourquoi faut-il que les tyrans des airs,
Les rochers même, et les monstres des mers,
Soient adoucis par des amours si rares,
Tandis qu'il est des hommes plus barbares
Qui, par le crime aux enfers dévoués,
Troublent des feux du ciel même avoués :
Des Faventins telle on vit la furie.
Jule outragé, l'ame de fiel nourrie,
Las de se taire, et confus de parler,
À son bonheur voulut tout immoler.
Si la Nature à sa flamme est funeste,
Pour la punir d'abhorrer son inceste
Il veut armer le ténébreux séjour,
Et mettre aux fers la Nature et l'Amour.

Messine, alors en prodiges fertile,
Dans son enceinte accordoit un asyle
À ces devins, à ces vils enchanteurs,
De l'avenir dangereux scrutateurs,
Qui, promenant leur misere profonde,
De leur enfer sont l'image en ce monde.
Un monument est le repaire affreux
Où leur Sibylle au teint pâle, à l'œil creux,
Le front couvert de ses rides antiques,
Juge au milieu de trois cercles magiques.
On voit près d'elle, à ses cris menaçants,
Les spectres vains, les larves impuissants;
Et l'OEmonide, opérant les miracles,
Parle aux enfers, et vomit les oracles.
Son art sur-tout excelle à mettre au jour
Tous les poisons, tous les philtres d'Amour.
Sur un brasier sa coupe est toujours pleine
De sucs vengeurs, instruments de la haine.
Sur un autel d'os, de fange, et de sang,
D'une effigie elle perce le flanc,
Ou la perfide empoisonne avec joie
Le voile impur qu'à Créuse elle envoie.

A ses secrets Jule ayant eu recours,
Tenta l'effet des magiques secours.
De joie alors la Pythonisse éclate,
Et rit d'entendre un crime qui la flatte.
« Je répondrai, dit-elle, à ton espoir :
« L'enfer a mis ce charme en mon pouvoir,
« Je puis d'un mot unir la sœur au frere,
« La mere au fils, et la fille à son pere.
« Ainsi brûloient Myrrha, Phedre, Biblis.
« Mais si Phrosine a vu ses vœux remplis
« D'un autre amour, le charme est impossible.
« Non, non, dit-il ; Phrosine est insensible.
« Ah ! crains de voir tous les traits impuissants,
« Crains d'éprouver la glace de ses sens. »
    À ce défi la fatale interprête
Redouble encor le charme qu'elle apprête ;
Conjure, évoque, appelle ses démons ;
Trois fois sa bouche a répété leurs noms ;
Trois fois baissé, son sceptre redoutable
D'un trait magique a sillonné le sable.
L'Érebe est sourd ; un silence profond
Trompe son art, l'étonne, et la confond.

Un jour plus pur se fait voir, et la terre
Loin de s'ouvrir sous ses pas se resserre.
« Quel signe affreux! dit-elle; on te trahit;
« Sous ton rival l'enfer même obéit.
« Phrosine est tendre, et l'amant qui l'adore
« En est aimé. » Jule en doutoit encore.
« Veux-tu, dit-elle, en voir le séducteur?
« Prends ce miroir : magique délateur,
« Il apprend tout. » Quel coup-d'œil! quelle image!
Jule égaré voit Phrosine à la nage,
La suit, l'observe en cet antre ignoré,
Et dans ses bras voit l'hermite adoré.
Au même temps qu'il frémit de colere
Le monstre au cœur lui lance une vipere.
Banni soudain de ce cœur ulcéré,
L'amour a fui, l'enfer est demeuré.
Seul, à son tour il conjure, il appelle
Et la vengeance et la rage cruelle;
Des cris plaintifs répondent à sa voix,
Et le Ténare est vaincu cette fois.
Le charme opere; et l'affreuse OEmonide
Arme ses mains d'un flambeau d'Euménide :

« Prends, lui dit-elle en allumant ses feux;
« Ceux de ta sœur s'éteindront devant eux.
« Garde un présent qui lui sera funeste.
« L'esprit vengeur t'apprendra tout le reste. »
Jule à ces mots quitte ces lieux d'horreur,
Marche, et ne sait où vomir sa fureur.
Trop plein de rage, il se plaît à l'étendre
Jusqu'à son frere étonné de l'entendre:
L'un veut punir l'infâme ravisseur,
L'autre avant tout veut immoler sa sœur.
Aymar, lui-même, invente le supplice,
Et Jule, ô dieux! Jule en est le complice.
Pour faire luire un signal frauduleux,
On a besoin d'un temps plus nébuleux.
Ce temps arrive; et d'une égale rage
Sur un esquif ils quittent le rivage,
Et vont armés de ce flambeau fatal
Qui doit servir de perfide fanal.
Phrosine, aux traits de sa fausse lumiere,
Rentre soudain dans l'humide carriere.
Ô malheureuse! où vas-tu? vois ton sort,
Fuis ce rayon; c'est l'astre de la mort.

J'appelle en vain, je la vois qui s'engage
Loin du rocher qu'obscurcit un nuage.
L'esquif s'éloigne en l'égarant toujours;
La mer l'étonne. Un si pénible cours
L'appesantit; elle sent un abyme;
Mais elle voit ce feu qui la ranime;
Elle s'épuise en efforts toujours vains;
Et sans pitié deux freres inhumains
Pour voir sa mort reculent devant elle.
Jule un moment flotte, hésite, chancelle,
Saisit la rame, et veut la secourir.
Non, dit Aymar, le monstre doit périr;
C'est à l'abyme à couvrir cet outrage.
Jule attendri veut adoucir sa rage,
Combat, avance; il tâche quelque instant
De la sauver. Phrosine s'agitant
Levoit la tête, et prononçoit encore:
Où suis-je? où vais-je? ô mon cher Mélidore!
Jule, attentif au nom de son rival,
Frémit, arrête, engloutit le fanal,
Recule encore, et dans la nuit profonde
Livre Phrosine aux abymes de l'onde.

Que n'est-il vrai ce pouvoir enchanteur
Par qui jadis le ciel réparateur
En déité transformoit une belle!
Phrosine, hélas! tu serois immortelle;
Et tu péris sans grace et sans retour.
Plus malheureux, ô toi qui vois le jour,
Qui t'apprendra cette horrible nouvelle?
Il tient en vain dans cette nuit cruelle
Ses yeux ouverts, ses fanaux allumés,
Il a perdu les vœux qu'il a formés.
L'isle d'Amour n'a pas vu sa déesse:
Mille soupçons alarment sa tendresse;
Il va s'en plaindre au fatal élément;
Il en approche: ô frayeur d'un amant!
Ma main frissonne à tracer cette image;
Il voit flotter un corps près du rivage;
L'effroi, l'amour précipite ses pas
Vers ce jouet de l'onde et du trépas.
Quel coup de foudre! Ô ciel! c'est son amante
Qu'à ses pieds roule une vague écumante.
C'est elle... Il tombe, immobile, éperdu,
Sur cet objet dans le sable étendu.

C'est elle!... Il sort de cette horreur profonde
Pour détester le ciel, la terre, et l'onde.
Sous la pâleur de ses livides traits
Il voit, contemple, adore, ses attraits,
Touche son cœur pour y chercher la vie;
Tout est glacé, la parque est assouvie.
Sur ces débris qu'il presse avec effort,
Sur la mort même il implore la mort.
« J'ai tout perdu, s'écrioit Mélidore!
« Ô ciel! tu meurs! ô ciel! je vis encore!
« Phrosine, attends l'ame que je te doi;
« Le jour affreux peut-il luire sans toi?
« Quand tu péris l'univers fait naufrage.
« Ô mer, acheve, engloutis ce rivage.
« Mer infidele, où brilloient tant d'appas,
« As-tu bien pu lui donner le trépas?
« C'est elle, ô ciel, qu'on voit sur ton arène,
« Rebut des flots dont elle fut la reine.
« Hélas, c'est moi qui la prive du jour!
« Pourquoi, cruelle, avoir eu tant d'amour?
« J'en fus l'objet, et c'est moi qui te tue... »
Il perd la voix; et sa bouche éperdue

Dévore encor ces restes précieux ;
Il les transporte au sommet de ces lieux
Pour s'y livrer à la mort qu'il projette.
Il voit Phrosine ; un charme encor l'arrête :
La contempler, même en dépit du sort,
Est un plaisir qu'il dérobe à la mort.
Le jour naissant trouve encor Mélidore
Les bras liés à ce corps qu'il adore :
Près d'expirer, le dernier de ses vœux
Est qu'un tombeau les unisse tous deux.
Pour couronner cette union fidele,
De sa ceinture il s'enchaîne avec elle.
« La mort ainsi ne peut m'en arracher. »
Il dit, s'élance, et tombe du rocher.
L'onde engloutit sa proie infortunée,
Qui reparut vers Messine étonnée,
Où l'on grava tous ces évènements
Sur un tombeau commun à ces Amants.

FIN DE PHROSINE ET MÉLIDORE.

POÉSIES
DIVERSES.

POÉSIES DIVERSES.

MADRIGAUX.

Par un baiser, Corine, éteins mes feux.
— Le voilà; prends.. — Dieux! mon ame embrasée
Brûle encor plus... Encore un ! — Sois heureux,
Tiens... — Mon ardeur n'en peut être appaisée;
Corine, encore!... Ah, la douce rosée!
— En voilà cent pour combler tous tes vœux;
Es-tu bien? dis. — Cent fois plus amoureux.
— En voilà mille, est-ce assez?... — Pas encore;
Un feu plus grand m'agite et me dévore...
Corine! — Eh bien! dis donc ce que tu veux.

Le dieu d'Amour a déserté Cythere,
Et dans mon cœur le transfuge s'est mis:
De par Vénus, trois baisers sont promis
À qui rendra son fils à sa colere.
Le livrerai-je? en ferai-je mystere?
Vénus m'attend; ses baisers sont bien doux:
Ô vous, Daphné, qu'il prendroit pour sa mere,

16

Au même prix, dites, le voulez-vous?

J'IGNORE si mon ame aux Parques asservie,
Doit retrouver un jour le néant ou la vie;
Mais, ô dieux! si Corine a trahi ses serments,
À mes yeux pour jamais éteignez la lumiere;
Pour dérober cette ame à d'éternels tourments,
Dans les flots du Léthé plongez-la toute entiere.
Mais si son cœur fidele est le prix de mon cœur,
Grands dieux! ouvrez l'Olympe à mon ame immortelle
    Pour éterniser avec elle
    Le souvenir de mon bonheur.

QUEL est, ô dieux! le pouvoir d'une amante!
Quand je voyois Pàris, Achille, Hector,
La Grece en deuil, et Pergame fumante,
Quels fous, disois-je! Homere qui les chante
Est plus fou qu'eux: je n'aimois point encor.
J'aime, et je sens qu'une beauté trop chere
De ces fureurs peut verser le poison:
J'approuve tout: rien n'est beau comme Homere;
Atride est juste, et Pàris a raison.

LE PORTRAIT.

ODE.

Qu'un autre amant soit épris
Des charmes d'une déesse;
A ma bergere, à Doris,
Je dois le trait qui me blesse.

J'ai chanté cent fois l'Amour;
Lui seul eut tous mes hommages :
Ce dieu me donne à son tour
Le plus beau de ses ouvrages.

Quand ses traits frappent mes yeux,
Les rangs ne me touchent gueres :
Doris connoît peu d'aïeux;
Mais mille Amours sont ses freres.

Son cœur tout au sentiment
Ne veut esprit; ni système :

Aussi tel est son amant;
Ce n'est pas Newton qu'elle aime.

Baiser, regard, et soupir,
Voilà tout notre langage :
Mon étude est son plaisir;
Mon plaisir est son ouvrage.

Elle a cet aimant vainqueur
Qui retient ce qu'il attire.
Sa voix est le son du cœur,
Qui d'un seul mot sait tout dire.

Son teint n'est que sa couleur:
Digne d'enchanter Zéphyre,
Son visage est une fleur
Qu'épanouit le sourire.

C'est un bouquet de lila
Qui fait toute sa parure;
Et l'art qui mit ce don-là
Outrage encor la Nature.

Deux ames semblent presser
Son sein qui croît et s'éleve :
La pudeur le fait baisser,
Et le desir le souleve.

Dans ses beaux yeux tour-à-tour
Paroît, même avec décence,
La langueur qui suit l'Amour,
Ou l'ardeur qui le devance.

Doris joint à tant d'appas
Cette taille d'immortelle
Qui semble inviter mes bras
À s'arrondir autour d'elle.

Enfin, pour mettre en son jour
Le portrait de ma bergere,
Elle a l'âge de l'Amour,
Et la beauté de sa mere.

LÉDA.

DISPAROISSEZ, Maures et Paladins,
Songes chéris de ma chere patrie;
Disparoissez, peuples de Sylphirie;
C'est trop nous plaire à des fantômes vains.
Qu'aux régions qu'habite la Féerie
Rentrent encor les Géants et les Nains.
Viens m'éclairer, dieu des fables antiques;
Perce le voile étendu sur nos yeux;
Parois, combats ces ombres fantastiques,
Et vois la foudre à l'aspect de tes dieux.
Oh! par quel charme à nos sens tu rappelles
Les plus doux noms, les formes les plus belles!
Tu donnes l'ame à mille êtres divers.
L'aube naissante est le char de l'Aurore;
L'onde est Thétis qui régne sur les mers;
Les tendres fleurs sont les filles de Flore;
Ces blonds épis, c'est Cérès qui les dore;
Je vois Iris sur le trône des airs.
L'amour enfin, ce feu qui nous dévore,

C'est un enfant qui régit l'univers :
Voilà mon culte et les dieux que j'implore ;
Ils seront l'ame et l'objet de mes vers.
   Loin d'adopter la moderne chimere,
Fruit du caprice, aliment de l'ennui,
J'aime à fouiller dans les sources d'Homere,
J'ose le suivre et voler après lui.
Si, d'un effort plus mâle et plus rapide,
Sous Jupiter il fait trembler Ida,
Moi, je peindrai le cygne de Léda
Des deux crayons du Correge et d'Ovide.
   Léda régnoit : Tindare à sa beauté
Devoit sur-tout l'éclat de son empire.
D'un si beau choix cet époux enchanté
Fit son bonheur, fit aussi son martyre.
Reine des cœurs, qu'elle soumettoit tous,
Léda régnoit, Tindare étoit jaloux.
Ne pouvant seul adorer tant de charmes,
Il redoutoit mille amants séducteurs ;
Les dieux encore excitoient ses alarmes :
Ces dieux, alors souverains corrupteurs,
S'humanisoient pour des beautés mortelles,

Et, las enfin d'être adorés des belles,
S'étoient par goût faits leurs adorateurs.
Tout exprimoit sa jalouse tendresse.
Une Vénus étoit dans ses jardins ;
Un jour Tindare à de si belles mains
Donna des fers ; des fers à la déesse
Qui d'un regard enchaîne les humains !
L'Amour apprit cette coupable offense ;
Et, par un trait digne de son courroux,
Pour mieux punir le crime de l'époux,
Il destina l'épouse à sa vengeance.
Sur elle en vain il redouble ses coups,
Et, n'éprouvant qu'une austere sagesse,
À Jupiter l'Amour vaincu s'adresse.
  « Si j'ai, dit-il, à tes déguisements
« Prêté mon art et mes enchantements,
« À la Beauté livrons encor la guerre,
« Vois cette reine aux bords de l'Eurotas :
« Seule, à tes yeux elle unit plus d'appas
« Qu'à tes amours n'en peut offrir la terre,
« Son ame encore échappe à mes desirs :
« Viens ; venge-moi d'une beauté coupable ;

« Je vais lui tendre un piege inévitable :

« S'il fait ma gloire, il fera tes plaisirs.

« Tandis qu'au bain l'insensible s'amuse

« À voir jouer des cygnes sur les eaux,

« Deviens toi-même un cygne qui l'abuse,

« Descends, parois, nage dans ces roseaux,

« Moi, de ton aigle empruntant le plumage,

« J'y volerai prêt à fondre sur toi :

« Je répandrai le désordre et l'effroi,

« Fuis dans ses bras, le reste est ton ouvrage. »

   Il dit : l'Olympe applaudit à l'Amour,

Et Jupiter lui sourit et l'embrasse.

Tous deux partis du céleste séjour,

D'un vol hardi l'un mesure l'espace,

Et d'un regard fixe l'astre du jour ;

L'autre est sur l'onde, où sa tête surpasse

L'orgueil jaloux des cygnes d'alentour.

Au lieu des feux destinés aux coupables,

L'aigle superbe emportoit dans les airs

Et ce carquois et ces feux redoutables

Dont il se plaît à brûler l'univers.

L'aigle déjà porté sur le rivage

Fait tout trembler : tout l'a vu, tout l'a fui.

Il voit le cygne, il veut fondre sur lui;

L'oiseau craintif vole, évite sa rage,

Plonge, revient, disparoît, et surnage,

Arrive au bord où se baignoit Léda,

Qui par pitié dans sa fuite l'aida.

L'aigle aussitôt part et fend le nuage.

Léda sans crainte au cygne caressant

Tend une main qui flatte son plumage.

Lui dans ses bras, tendre et reconnoissant,

Semble en tremblant expliquer son hommage.

Bientôt, plus libre, il devient plus pressant :

Léda s'émeut sous l'aile qui la presse;

Et chaque plume est un trait qui la blesse.

L'eau n'éteint point le feu qu'elle ressent;

De cet amour la nouveauté l'étonne;

Elle combat, fuit, reçoit, et pardonne,

Les attentats d'un bec trop amoureux :

Jupiter touche au comble de ses vœux;

Léda gémit; l'onde écume et bouillonne;

L'aigle triomphe, et le cygne est heureux.

LES AMANTS GÉNÉREUX.

Près de Tempé, ce fortuné séjour,
Lieu favori de Palès et de Flore,
Le jeune Hylas, Églé plus jeune encore,
Tous deux épris, se cachoient leur amour.
Tous leurs discours n'étoient qu'un regard tendre.
Leur feu contraint ne pouvoit s'exhaler ;
Le simple Hylas n'eût jamais su parler :
S'il eût parlé, l'eût-elle su comprendre ?
Mais tôt ou tard, où le desir sera,
L'âge et l'Amour instruiront l'innocence.
Un jour enfin le hasard les tira
De ce néant où dormoit leur enfance.

Sous un feuillage, aux plus paisibles lieux,
La jeune Églé se reposoit à l'ombre :
Hylas survint ; Hylas de tous ses yeux
La contempla sous le feuillage sombre.
Vénus, ô toi que nous servons si peu,
Tandis qu'Églé sur ce gazon sommeille,

Si tu permets que ma bouche de feu
Prenne un baiser sur sa bouche vermeille,
Je te le jure, ô divine Cypris,
Je lui fais don de deux pigeons chéris
Pareils à ceux qu'on t'éleve à Cythere.
Le vœu fut fait, et le baiser fut pris.
D'un sommeil feint profita la bergere,
Et le soir même elle en reçut le prix:
　　Le jour suivant Églé dormit encore:
Le berger vint, et ne s'endormit pas.
Ô dieu d'Amour, vois tout ce que j'adore,
Je te demande un seul de tant d'appas.
Ah! si je puis, sans qu'Églé le ressente,
Coulant ma main sous son corset jaloux,
La promener sur sa gorge naissante...
Pour un larcin si secret et si doux
Je lui promets le beau mouton que j'aime.
Endors, Amour, endors Églé toi-même.
Hylas trouva le plus profond sommeil;
Il vit, toucha, prit, parcourut sans peine,
Le sein d'Églé qui retint son haleine,
Et jusqu'au bout suspendit son réveil.

Sous ce berceau la timide bergere
Le lendemain craignit de se revoir;
Elle craignoit, mais brûloit de savoir
Le don qu'Hylas pouvoit encor lui faire.
Elle y vint donc; il y revint aussi.
Dieux immortels, je la retrouve ici;
Faites, grands dieux, sans lui causer d'alarmes,
Que dans ses bras, par les nœuds les plus forts,
Je puisse enfin jouir de tous ses charmes.
Vous le savez, hélas! pour tous trésors
Je n'ai qu'un chien; Églé, je te le donne.
Oh! de quel somme Églé dormit alors!
À quel espoir le berger s'abandonne!
En un instant tout cede à son effort;
Et plus il ose, et plus elle s'endort.
Un trop beau rêve occupoit la dormeuse;
Et vous jugez que, dans l'instant qu'Hylas
Ferma les yeux dans l'extase amoureuse,
Les yeux d'Églé ne se rouvrirent pas.
On les ouvrit quand les songes finirent.
Au fond du bois le berger s'égara;
Le chien resta; le soir ils se revirent:

Églé rougit, le berger soupira.

Ils étoient seuls, sans soupçon, sans alarme ;

Enfin l'Amour avoit rompu le charme :

Quoique éveillée, Églé s'abandonna,

Du jeu d'Amour connut toute l'ivresse ;

S'il fit encore un don à sa tendresse,

La prompte Églé rendit ce qu'il donna.

    Pleine à son tour d'une ardeur inquiete,

Églé lui dit : Je sais que je te doi

Ces deux pigeons, premier don de ta foi ;

Mais conçois-tu mon alarme secrete ?

S'ils s'envoloient : c'est trop de soin pour moi ;

Je te les rends : c'est à toi de connoître

Le prix charmant que j'exige pour eux :

Il s'en douta, les racheta... tous deux ;

De ses pigeons il fut bientôt le maître.

L'instant d'après que ce point fut réglé,

Le beau mouton vint à l'esprit d'Églé.

Doit-on ainsi dépouiller ce qu'on aime ?

De tous tes pas compagnon assidu,

Tu te plaisois à le nourrir toi-même,

Je te le rends : le mouton fut rendu.

Le chien restoit. Raison toute nouvelle,
Ordre absolu de reprendre ce don.
On n'a qu'un chien, c'est la garde éternelle
De son troupeau qui reste à l'abandon.
Mon cher Hylas, reprends tout, lui dit-elle,
Et je te donne un baiser de retour;
Je ne veux rien d'un amant que l'amour;
Ton cœur suffit, si ton cœur est fidele.
Ce don à faire avoit coûté bien peu,
À le reprendre il coûta davantage;
Le pauvre Hylas ralentit son hommage,
Et se fit presque une affaire d'un jeu.
Il s'endormit à côté de la belle,
Qui, ne cherchant qu'un prétexte nouveau,
En soupirant disoit encore en elle,
Que ne m'a-t-il donné tout son troupeau!

ÉPÎTRE

À LAURE.

Il étoit grand jour, et l'aurore
Faisoit place aux feux du matin :
Comblé du plus heureux destin,
En sortant des bras que j'adore,
J'ai quitté ce lit clandestin,
Où puisses-tu dormir encore!
    Ce jour m'a paru plus charmant,
L'air plus pur, la terre plus belle;
Zéphyre alloit plus mollement
Caresser la moisson nouvelle;
L'onde baignoit plus lentement
La rive qui fleurit pour elle.
Ainsi par un enchantement
La nature se renouvelle
Aux yeux satisfaits d'un amant.

Tout s'épure aux traits de sa flamme;
Tout se meut par son mouvement;
Et devant lui chaque élément
Reçoit le charme de son ame.

   Ô calme, ô repos de mon cœur,
Tu n'étois point cette langueur,
Ni cette foiblesse mourante
Qui terrasse un amant vainqueur,
Mais cette joie étincelante,
Cette sérénité brillante
D'un cœur content, mais empressé,
Qui jouit du plaisir passé
Par un souvenir qui l'enchante.

   J'ai quitté ton divin séjour,
Moins plein de ce feu qui dévore,
Mais encor plus rempli d'amour:
Tel que Céphale au point du jour
Lorsqu'il vient de quitter l'Aurore.
Par un invincible pouvoir
Tout s'enflammoit à mon passage;
L'oiseau reprenoit son ramage;
Le Faune sortoit pour me voir;

Et la Dryade, moins sauvage,
L'invitoit aux plaisirs du soir.
Moi, tout rempli de ma conquête,
Je levois mon front radieux;
J'atteignois les cieux de ma tête,
Et je surpassois tous les dieux.
Mais d'une victoire si belle,
Quel que soit pour moi tout l'attrait,
Je n'ai dit qu'à l'écho fidele
Le nom que j'adore en secret.
Seul, au fond d'un bois solitaire,
J'ai dit que Laure étoit à moi,
Et sous le cachet du mystere,
J'ai tracé les vers que tu voi;
Ces vers que tu me fais entendre,
Lorsqu'en tes caprices divers
Tu prêtes aux plus foibles airs
L'accent de la voix la plus tendre;
Lorsque tu chantes tour-à-tour,
Cythere, Délos, Hypocrene;
Quand sur ta bouche de Sirene
Je meurs d'amour-propre et d'amour.

Qui pourra jamais la décrire
Cette ivresse de mes esprits?
Mais qu'importent de vains écrits?
Dans mon cœur ne sais-tu pas lire?
Quel Apollon peut garantir.
D'exprimer ce qu'Amour inspire?
On a tant d'ame pour sentir,
Et si peu d'esprit pour le dire.

É P Î T R E

À C L A U D I N E.

Doit-on rougir de chanter ce qu'on aime?
Faut-il des noms et des titres divers?
Que fait un nom quand l'amour est extrême?
Claudine est belle, et suffit à mes vers.
C'est une fleur qu'un hasard fit éclore.
Pour être née en de stériles champs,
Est-elle moins la fille de l'Aurore?

Son humble état la rend plus chere encore.

Laissons tout autre honorer de ses chants

L'orgueil jaloux des parterres de Flore;

La fleur des prés est celle que j'adore.

C'est là, Claudine, au plus beau de mes jours

Que je te vis : j'y vis tous les Amours.

Simple et sans art, belle sans imposture,

Ton teint naïf brilloit de ses couleurs;

Tes seuls appas composoient ta parure,

Et tes cheveux, bouclés à l'aventure,

Flottoient au vent sous un chapeau de fleurs.

Je démêlai ce feu dont la nature

Fait pétiller dans tes yeux séduisants

Tous les desirs d'un instinct de seize ans;

Cette candeur, cette vérité pure,

Et ce regard innocent et malin,

Lorsque tu vois l'albâtre de ton sein

S'élever, croître ou décroître à mesure,

Et s'arrondir sous un corset de lin.

Quand, pour jouir de ta flamme secrete,

Je vais revoir ton rustique séjour,

Qu'il est plus doux, plus piquant pour l'Amour,

De chiffonner ta simple collerette,
Que ces bijoux, ces clinquants de toilette,
Dont sont chargés tous nos tetons de cour.
Pour tout l'éclat d'une pompe étrangere,
Changerois-tu ton amant et ton sort?
Ne te plains point, trop heureuse bergere;
Nous folâtrons sur la verte fougere;
Sur des coussins la mollesse s'endort.
Rappelle-toi cette nuit du mystere
Où j'habitai sous le chaume sacré
Du vieux pasteur, ton maître et mon curé;
Lorsque ta main enivra le saint homme;
Lorsque sans lui, sans notaire, et sans Rome,
Par nous deux seuls notre amour fut juré.
Ce presbytere en un temple adorable
Changea soudain; l'Amour en fut le dieu.
On te l'a peint un monstre redoutable;
Et, tu le vis, c'est un enfant aimable.
On t'en a fait un crime; et c'est un jeu.
Que de larcins furent cachés dans l'ombre
De cette nuit! que de baisers de feu
Donnés, rendus, précipités sans nombre!

Pour les compter ils nous coûtoient trop peu :
L'aube du jour moins de fleurs vit éclore.
Que de baisers que je cueillois encore!
Et si l'instant de cacher notre amour
Ne fût venu, ma Claudine, j'ignore
Si le soleil vers le quart de son tour
N'en eût compté plus encor que l'Aurore.
Ce jour coula dans l'attente du soir :
Le soir, aux champs je courus te revoir ;
Un autre autel eut d'autres sacrifices.
La nuit revint, et passa ton espoir.
Que de beaux jours, que de nuits plus propices
Ont secondé nos furtives délices!
Faut-il, Claudine, en voir finir le cours?
Le temps m'appelle, et m'entraîne à la ville ;
Je vais quitter le plus beau des séjours.
Mon âge d'or couloit dans cet asyle ;
L'âge de fer est aux lieux où je cours.
Sans être ému, j'y verrai tout Cythere,
L'art des cités, et la pompe des cours ;
J'en fais serment au dieu de ma bergere :
Claudine aura mes dernieres amours.

Toi que je laisse oisive et solitaire,
Dans ce hameau tu verras tous les jours
Ces bois, ces eaux, ces fleurs, cette fougere,
Lubin, Antoine, et ce jeune vicaire...
Claudine, hélas! m'aimeras-tu toujours?

LA RAISON ET LE PLAISIR.

La raison nous plaît par systême,
Et le plaisir entraîne avant qu'on l'ait prévu :
Il est comme les dieux, il fait tout par lui-même.
Examinez les sens dont le corps est pourvu ;
Ce sont d'heureux canaux formés par la nature
Pour le cours éternel de la félicité.
Notre ame, dira-t-on, est une essence pure :
Elle est tout ce qu'on veut ; mais la divinité
Si bien de sa prison composa la structure,
　　Qu'on y trouve, tout bien compté,
　　Cinq portes pour la volupté.
　　La raison prêche leur clôture ;

Par ses prônes fréquents le monde est endormi :
    Mais c'est une chose un peu forte
    De dire qu'on craint l'ennemi
    Et de se loger à sa porte.
Le péril, répond-on, augmente ses honneurs :
Elle est là pour offrir un secours salutaire.
    Je n'entre point dans ce mystere :
Le sentiment suffit pour la regle des mœurs ;
La nature m'a fait, et le bon fils préfere
    Le plaisir de servir sa mere
    Aux leçons de ses gouverneurs.

PORTRAIT DE LA NUIT.

À MADAME DE ***.

J'avois conduit Églé chez son Apelle :
Là, parcourant les plus rares portraits,
Je dis à l'art : Regarde... qu'elle est belle !
Pour ton chef-d'œuvre as-tu vu plus d'attraits ?
Rends tes pinceaux dignes de ce modele ;

Place l'objet, touche, colore, excelle,
Peins la Beauté... mais sous de nouveaux traits.
Saisis d'Églé le piquant caractere;
Nous ne voulons Naïade ni bergere;
Vénus, Hébé... tu les peignis cent fois;
Minerve est triste, et Pallas si sévere!
Junon si fiere!... Il faut un autre choix.
Flore, dis-tu; mais Flore, toujours Flore...
Cherchons... Tu vas me proposer l'Aurore,
Et m'éblouir de l'éclat qui la suit.
Non. Mais écoute un plan qui me séduit,
Un sujet neuf qui pourra te surprendre;
Peignons Églé sous les traits de la nuit.
Mais quelle nuit! dieux! pourras-tu la rendre?
Aux champs des airs, vois ce char emporté
Par des coursiers que guide une déesse :
Il vole, il fuit loin du jour qui la presse;
Entre elle et lui regne l'obscurité.
Du firmament l'éternelle couriere,
Portant le calme et la sérénité,
Est au milieu de ce trône argenté.
De ses yeux part un sillon de lumiere

Qui perce l'ombre, et marque sa carriere.
Un voile obscur, enflé par les zéphyrs,
Sur ses cheveux qui flottent en arriere,
Lui fait un dôme émaillé de saphyrs.
De ses chevaux une main tient les rênes,
L'autre répand des moissons de pavots,
Dont les Amours, pour prix de leurs travaux,
Font des festons bien plutôt que des chaines.
L'oiseau qui chante aux portes du matin
Sommeille encore aux pieds de la déesse;
La nuit retarde un concert qui la blesse :
Pourquoi sitôt voir arriver sa fin!
Hélas! de l'homme elle endort le chagrin,
Flatte l'espoir, console la tristesse,
De mille amants protege la tendresse,
Et de tout être adoucit les destins :
Quand la nuit veille au bonheur des humains,
Pourquoi le jour veut-il naître sans cesse?

    Toi, dont ici j'ai crayonné les traits,
Quand je t'éleve aux célestes demeures,
C'est pour régner sur les plus douces heures,
Heures d'amour, de délice, et de paix.

Donne au pinceau l'honneur de cette image!
Lors je dirai, contemplant tes attraits :
Nuit, belle nuit, que ce nom t'encourage;
Donne l'exemple aux heureux que tu fais;
Nuit du bonheur, que ton cœur le partage,
Jouis, l'Amour te rendra tes bienfaits.

LA ROSE.

ODE ANACRÉONTIQUE.

Tendre fruit des pleurs de l'Aurore,
Objet des baisers du zéphyr,
Reine de l'empire de Flore,
Hâte-toi de t'épanouir.

Que dis-je? hélas! diffère encore,
Diffère un moment de t'ouvrir :
L'instant qui doit te faire éclore
Est celui qui doit te flétrir.

Thémire est une fleur nouvelle
Qui doit subir la même loi.
Rose, tu dois briller comme elle;
Elle doit passer comme toi.

Descends de ta tige épineuse,
Viens la parer de tes couleurs;
Tu dois être la plus heureuse
Comme la plus belle des fleurs.

Va, meurs sur le sein de Thémire,
Qu'il soit ton trône et ton tombeau;
Jaloux de ton sort, je n'aspire
Qu'au bonheur d'un trépas si beau.

Tu verras quelque jour peut-être
L'asyle où tu dois pénétrer;
Un soupir t'y fera renaître,
Si Thémire peut soupirer.

L'Amour aura soin de t'instruire
Du côté que tu dois pencher;

Éclate à ses yeux sans leur nuire,
Pare son sein sans le cacher.

Si quelque main a l'imprudence
D'y venir troubler ton repos,
Emporte avec toi ma vengeance,
Garde une épine à mes rivaux.

L'AMANT DISCRET.

L'AMANT frivole et volage
Chante par-tout ses plaisirs,
Le berger discret et sage
Cache jusqu'à ses desirs ;
Telle est mon ardeur extrême,
Mon cœur soumis à ta loi
Te dit sans cesse qu'il aime
Pour ne le dire qu'à toi,

Sur une écorce légere,
Amants, tracez votre ardeur ;

20

Le beau nom de ma bergere
N'est gravé que dans mon cœur.
Je n'ose occuper ma lyre
À chanter un nom si doux;
Écho pourroit le redire,
Et j'aurois trop de jaloux.

Corine à feindre m'engage
Pour mieux tromper les témoins;
Ce qui lui plaît davantage
Semble lui plaire le moins.
L'herbe où son troupeau va paître
Voit le mien s'en écarter;
Et je semble méconnoître
Son chien qui vient me flatter.

Vous qu'un fol amour inspire,
Connoissez mieux le plaisir;
Vous n'aimez que pour le dire,
Nous n'aimons que pour jouir.
Corine, que ce mystere
Dure autant que nos amours :

L'amant content doit se taire,
Fais-moi taire pour toujours.

ÉPÎTRE

SUR L'AUTOMNE.

Suivons les Ménades,
Dans leurs promenades,
Amis, rendons-nous.
Bientôt les Pléiades,
L'aquilon jaloux,
Fondant des montagnes,
Viendront tour-à-tour
Faire à nos campagnes
Sentir leur retour.
    Au sein de nos plaines
De vives chaleurs
Ont séché nos fleurs,
Tari nos fontaines.

L'Aurore est sans pleurs,
Zéphyr sans haleines,
Flore sans couleurs.
　La seule Pomone,
Sous ce frais berceau,
Rit et se couronne
D'un pampre nouveau.
Du vin qui s'écoule;
Versé par ses mains,
S'abreuve une foule
De jeunes Sylvains
Qui, dans ses jardins,
Du pesant Silene
Soutiennent à peine
Les pas incertains.
　Suspends ton étude;
Viens, loin des neuf Sœurs,
Goûter les douceurs
De ma solitude.
Esclave avec moi
Du vainqueur de l'Inde,
Que le dieu du Pinde

Subisse la loi.
Si tu ne peux vivre
Sans un Apollon,
C'est Anacréon,
Ami, qu'il faut suivre.
Apprends à monter
Ta galante lyre :
Si tu veux chanter,
Que Bacchus t'inspire
Le tendre délire
Qui, cher à Thémire,
S'en fait écouter.

Parmi nos convives
Invitons l'Amour;
Qu'il vienne à son tour
Revoir sur ces rives
Cythere et sa cour.
Couché sous la treille,
Si quelqu'un sommeille,
Par un tendre effort
L'Amour le réveille
Quand Bacchus l'endort.

Ami d'Epicure,
J'en suis les leçons;
Comme lui j'épure
Les utiles dons
Que fait la Nature
A ses nourrissons.

D'une ardeur extrême
Le temps nous poursuit:
Détruit par lui-même,
Par lui reproduit,
Plus léger qu'Eole,
Le moment s'envole,
Renaît, et s'enfuit.
Qu'un prompt sacrifice
Fixe le caprice
Du vieillard jaloux;
Qu'au milieu de nous
Ce dieu taciturne
Perde son courroux;
Du vin de cette urne
Enivrons Saturne.
Désormais plus lent,

Ce dieu turbulent,
Pour reprendre haleine,
Suivra de Silène
Le pas nonchalant.

   Sous l'ombre propice
De ce bois sacré,
Pour le sacrifice
L'autel est paré.
Ce lieu solitaire
Est le sanctuaire
Où, libre d'ennui,
Je dois aujourd'hui
Immoler les craintes,
Les soins, les contraintes,
Et les vains desirs,
Tyrans des plaisirs.

   Déja sous la tonne,
La coupe à la main,
Hébé me couronne
D'un lierre divin,
Et Comus ordonne
L'apprêt du festin.

Les Nymphes accourent,
Les Faunes m'entourent,
Le vin va couler;
L'encens va brûler;
La victime est prête,
On va l'immoler.
Ami, qui t'arrête?
Thémire avec moi,
Pour ouvrir la fête,
N'attend plus que toi.

ÉPÎTRE

SUR L'HIVER.

DE l'urne céleste
Le signe funeste
Domine sur nous,
Et sous lui commence
L'humide influence

De l'ourse en courroux.
L'onde, suspendue
Sur les monts voisins,
Est dans nos bassins
En vain attendue.
Ces bois, ces ruisseaux,
N'ont rien qui m'amuse;
La froide Aréthuse
Fuit dans les roseaux :
C'est en vain qu'Alphée
Mêle avec ses eaux
Son onde échauffée.
Telle est des saisons
La marche éternelle,
Des fleurs, des moissons,
Des fruits, des glaçons.
Ce tribut fidele,
Qui se renouvelle
Avec nos desirs,
En changeant nos plaines,
Fait tantôt nos peines,
Tantôt nos plaisirs.

21

Cédant nos campagnes

Au tyran des airs,

Flore et ses compagnes

Ont fui ces deserts.

Si quelqu'une y reste,

Son sein outragé

Gémit, ombragé

D'un voile funeste.

La Nymphe modeste

Versera des pleurs

Jusqu'au temps des fleurs.

Quand d'un vol agile

L'Amour et les Jeux

Passent dans la ville,

J'y passe avec eux.

Sur la double scene,

Suivant Melpomene,

Et ses jeux nouveaux,

J'entends le parterre.

Marquer leurs défauts

En juge sévere.

Là, sans affecter

Les dédains critiques,
Je laisse avorter
Les brigues publiques.
Du beau seul épris,
Envie ou mépris
Jamais ne m'enflamme :
Seulement dans l'ame
J'approuve ou je blâme,
Je bâille ou je ris.
Dans nos folles veilles
Je vais de mes airs
Frapper tes oreilles.
Après nos concerts
L'ivresse au délire
Pourra succéder :
Sous un double empire,
Je fais accorder
Le thyrse et la lyre ;
J'y crois voir Thémire,
Le verre à la main,
Chanter son refrain,
Folâtrer et rire.

Quel sort plus heureux!
Buveur, amoureux,
Sans soins, sans attente,
Je n'ai qu'à saisir
Un riant loisir;
Pour l'heure présente
Toujours un plaisir;
Pour l'heure suivante,
Toujours un desir.

Coulez, mes journées,
Par un nœud si beau
Toujours enchaînées,
Toujours couronnées
D'un plaisir nouveau.
Qu'à son gré la Parque
Hâte mes instants,
Les compte et les marque
Aux fastes du temps;
Je l'attends sans crainte:
Par sa rude atteinte
Je serai vaincu:
Mais j'aurai vécu.

Sans date ni titre,
Dormant à demi,
Ici ton ami
Finit son épître.
En rimant pour toi
Le dernier chapitre,
La table où je boi
Me sert de pupitre.
De tes vins divers
Je serai l'arbitre :
Sois-le de mes vers ;
Je te les adresse.
S'ils sont sans justesse,
Sans délicatesse,
Sans ordre et sans choix,
En de folles rimes
On lit quelquefois
De sages maximes.

LE PRINTEMPS.

Sur l'herbage tendre
Le ciel vient d'étendre
Un tapis de fleurs,
Et l'Aurore arrose
De ses tendres pleurs
De la jeune rose
Les vives couleurs.
Déja Philomele
Ranime ses chants,
Et l'onde se mêle
À ses sons touchants.
Sur un lit de mousse
Les Amours, au frais,
Aiguisent des traits
Qu'avec peine émousse
La froide Raison,
Qui croit qu'elle regne,

Quand elle dédaigne
La belle saison.
Nos berceaux se couvrent
Du souple jasmin;
Nos yeux y découvrent
Le riant chemin
Par où le mystere,
Servant nos desirs,
Nous mene à Cythere
Chercher les plaisirs.

   Oui, de la nature
La vive peinture
N'est pas sans dessein.
Tant de fleurs nouvelles,
Qui de tant de belles
Vont orner le sein;
Le tendre ramage
Des jeunes oiseaux,
Le doux bruit des eaux,
Tout offre l'image
D'un aimable dieu;
Tout lui rend hommage.

Dans un si beau lieu
Tout y peint son feu :
Hélas! quel dommage
Qu'il dure si peu!
Il pénetre l'ame,
Ce feu trop subtil...
Mais pourquoi faut-il
Que de cette flamme
Qui peint le printemps
Tout, en même temps,
Trace à notre vue
La légèreté
Souvent imprévue
Chez la volupté?
　L'onde fugitive
À l'ame attentive
Peint à petit bruit
L'ardeur passagere
Dont l'éclat séduit
Plus d'une bergere
Que l'Amour conduit.
　L'haleine légere

Du zéphyr badin,
Qui, dans ce jardin,
Vole autour de Flore;
Du vif incarnat
Qu'elle fait éclore
Le frivole éclat;
De l'oiseau volage
Les accords légers,
Peignent du bel âge
Les feux passagers.

Tout ce qui respire
Nous dit en ce temps:
L'amoureux empire
Est un vrai printemps:
Il plaît, il enchante;
On l'aime, on le chante:
Soins trop superflus!
Vaut-il ce qu'il coûte?
À peine on le goûte,
Qu'il n'est déja plus.

LE HAMEAU.

Rien n'est si beau
Que mon hameau.
Oh! quelle image!
Quel paysage
Fait pour Vateau!
Mon hermitage
Est un berceau
Dont le treillage
Couvre un caveau.
Au voisinage,
C'est un ormeau
Dont le feuillage
Prête un ombrage
À mon troupeau;
C'est un ruisseau
Dont l'onde pure
Peint sa bordure

D'un verd nouveau.
Mais c'est Sylvie
Qui rend ces lieux
Dignes d'envie,
Dignes des dieux.
Là chaque place
Donne à choisir
Quelque plaisir,
Qu'un autre efface.
C'est à l'entour
De ce domaine
Que je promene
Au point du jour
Ma souveraine.
Si l'aube en pleurs
A fait éclore
Moisson de fleurs,
Ma jeune Flore
A des couleurs
Qui, près des leurs,
Brillent encore.
Si les chaleurs

Nous font descendre
Vers ce méandre,
Dans ce moment
Un bain charmant
Voit sans mystere,
Sans ornement,
Et la bergere
Et son amant.
Jupe légere
Tombe aussitôt :
Tous deux que faire?
L'air est si chaud!
L'onde est si claire!
Assis auprès,
Comus après
Joint à Pomone
Ce qu'il nous donne
À peu de frais,
Gaîté nouvelle
Quand le vin frais
Coule à longs traits ;
Toujours la belle

Donne ou reçoit,
Fuit ou m'appelle,
Rit, aime, ou boit.
Le chant succede;
Et ses accents
Sont l'intermede
Des autres sens.
Sa voix se mêle
Aux doux hélas
De Philomele,
Qui si bien qu'elle
Ne chante pas.
Telle est la chaîne
De nos desirs
Nés sans soupirs,
Comblés sans peine,
Et qui ramene
De nos plaisirs
L'heure certaine.
Ô vrai bonheur!
Si le temps laisse
Durer sans cesse

Chez moi vigueur,
Beauté chez elle,
Jointe à l'humeur
D'être fidele,
Qu'à pleines mains
Le ciel prodigue
Comble et fatigue
D'autres humains;
Moi, sans envie,
Je chanterai
Avec Sylvie;
Je jouirai,
Et je dirai
Toute la vie:
Rien n'est si beau
Que mon hameau.

HYMNE A LA BEAUTÉ.

Tout rend hommage à la Beauté.
Pour éclairer ses traits le jour se renouvelle;
    Pour la chanter s'éveille Philomele:
Le ruisseau qui fuyoit, devant elle arrêté,
    Trace son image fidele;
Des pavots du sommeil la douce volupté
    Rend de son teint la fraîcheur éternelle:
L'ordre de l'univers semble établi pour elle.

AUX MUSES.

Souffrez les Amours sur vos traces,
Muses; souvenez-vous toujours
Que l'esprit est sans les amours
Ce qu'est la beauté sans les graces.

C'est à l'Amour qu'il faut céder;
Quel autre charme nous arrête?
L'esprit peut faire une conquête;
Mais c'est au cœur à la garder.

LA COCARDE.

REMERCIEMENT de Monsieur ***, à Mademoiselle ***, qui lui
envoya une cocarde à l'armée.

J'AI fait briller au champ de Mars
L'ornement galant et terrible
Par qui, désormais invincible,
Je puis affronter les hasards.
Préférable aux lauriers que donne la victoire,
Ce panache éclatant va sous nos étendards
Accroître ma valeur, comme il accroît ma gloire.
Formez pour des guerriers ces militaires dons,
Jusqu'à ce que, la paix repeuplant nos retraites,
Vous puissiez couronner nos fronts
Du myrte qui croît où vous êtes.

Ainsi la mere des Amours
Paroit le fils d'Anchise, et lui prêtoit des armes;
Encouragé par elle au milieu des alarmes,
Les regards de Vénus l'accompagnoient toujours :
J'aurai la même destinée,
Armé par de si belles mains ;
Et, si du héros des Troyens
La valeur ne m'est pas donnée,
Pour suppléer au moins à ses exploits vantés,
J'imite le pieux Énée
Dans le respect qu'il eut pour ses divinités.

ÉPITAPHE

D'UNE petite chienne de Madame la duchesse de Chevreuse.

Sévere à tout le monde, à mon maître fidele,
N'aimant que lui pour l'aimer mieux,
J'avois de mon amour l'exemple sous les yeux :
Ma maîtresse fut mon modele.

O D E.

« Jupiter, prête-moi ta foudre,
S'écria Lycoris un jour;
« Donne : que je réduise en poudre
« Le temple où j'ai connu l'Amour.

« Alcide, que ne suis-je armée
« De ta massue ou de tes traits,
« Pour venger la terre alarmée,
« Et punir un dieu que je hais!

« Médée, enseigne-moi l'usage
« De tes plus noirs enchantements;
« Formons pour lui quelque breuvage
« Égal au poison des amants.

« Ah! si, dans ma fureur extrême,
« Je tenois ce monstre odieux!...

« Le voici, lui dit l'Amour même,
« Qui soudain parut à ses yeux.

« Venge-toi, punis, si tu l'oses. »
Interdite à ce prompt retour,
Elle prit un bouquet de roses
Pour corriger le jeune Amour.

On dit même que la bergere
Dans ses bras n'osoit le presser;
Et, frappant d'une main légere,
Craignoit encor de le blesser.

ÉPÎTRE

A MADEMOISELLE S***.

Écrite de Fontainebleau.

Du froid séjour de la grandeur
J'écris à ma chere Thémire :

Qu'Amour soit mon ambassadeur;
Qu'il lui porte ce qu'il m'inspire.
Les fraîcheurs ont fini le cours
De ces innocentes soirées
Plus belles que les plus beaux jours,
Où de leurs plus simples atours
Les Graces naïves parées
Brilloient au milieu du concours
De tes amis et des Amours.
Je les vis aux bords de la Seine
Que tes pas légers parcouroient,
Quand d'une lumiere incertaine
Diane et l'Amour t'éclairoient,
Quand tous les Zéphyrs accouroient,
Voloient, et te suivoient à peine,
Et que les Graces admiroient
Leur sœur, leur émule, et leur reine.
Où sont-ils, ces jours de desir?
À la cour, dans ma solitude,
Mais solitaire sans loisir,
Le sort jaloux m'a fait choisir
Le stérile ennui d'une étude

Qui n'est pas celle du plaisir :
Mais lorsque mon cœur peut saisir
L'image de l'objet qu'il aime,
Je ne vois qu'Amour devant moi,
Je ne vois que Cythere et toi,
Je me revois enfin moi-même.
Mon ame échappe à sa prison;
L'effort du plaisir la délie:
L'étude occupoit ma folie;
Le plaisir me rend la raison.
Qu'ici regne un esprit contraire!
Hélas! quel séjour pour un cœur
Né tendre, amoureux, et sincere!
Ici l'Amour est un trompeur,
Et l'Hymen est un mercenaire.
Crains-tu que je perde jamais
Ta simplicité, que j'adore,
Pour prendre des mœurs que je hais?
Je cultiverois sans progrès
L'art adulateur que j'ignore,
Charmé de ne savoir encore
Qu'aimer et chanter tes attraits.

Mais insensible à ma constance,
Ô ma Thémire, tu te tais!
Est-ce donc trop peu de l'absence?
Qui tarde trop à s'exprimer
N'aime point, ou n'aimera guere.
Pourquoi perdre le temps à plaire?
Il nous est donné pour aimer.
L'âge fuit, le temps nous devance;
L'heure où la fleur s'épanouit
Avec elle s'évanouit;
Et l'heureux temps où l'on jouit
S'envole avec la jouissance.

ÉPÎTRE

A MADEMOISELLE SALÉ.

Les Amours, pleurant votre absence,
Loin de nous s'étoient envolés:
Enfin les voilà rappelés

Dans le séjour de leur naissance.

Je les vis, ces enfants ailés,

Voler en foule sur la scene

Où, pour voir triompher leur reine,

Leurs états furent assemblés.

Tout avoit déserté Cythere,

Le jour, le plus beau de vos jours,

Où vous reçûtes de leur mere

Et la ceinture et les atours.

Dieux! quel fut l'aimable concours

Des jeux qui, marchant sur vos traces,

Apprirent de vous pour toujours

Ces pas mesurés par les Graces,

Et composés par les Amours.

Des ris l'essaim vif et folâtre

Avoit occupé le théâtre.

Sous les formes de mille amants,

Vénus et ses Nymphes, parées

De modernes habillements,

Des loges s'étoient emparées :

Un tas de vains perturbateurs,

Soulevant les flots du parterre,

À vous, à vos admirateurs
Vint aussi déclarer la guerre.
Je vis leur parti frémissant
Forcé de changer de langage,
Vous rendre, en pestant, leur hommage,
Et jurer en applaudissant.
Restez, fille de Terpsichore:
L'Amour est las de voltiger;
Laissez soupirer l'étranger,
Brûlant de vous revoir encore.
Je sais que, pour vous attirer,
Le solide Anglois récompense
Le mérite errant que la France
Ne sait tout au plus qu'admirer.
Par sa généreuse industrie
Il veut en vain vous rappeler:
Est-il rien qui doive égaler
Le suffrage de la patrie?

É P Î T R E

S U R L'A U T O M N E[1].

ABREGE ta course,
Amant de Thétis,
Soleil, amortis
Tes feux dans leur source.
L'excès des chaleurs
A brûlé nos plaines,
A séché nos fleurs,
Tari nos fontaines.
L'Aurore est sans pleurs,
Zéphyr sans haleines,
Flore sans couleurs.

---

(1) Cette Épître, pour le fonds, est la même que celle qui commence par ce vers, *Suivons les Ménades;* mais les changements
que l'auteur y a faits sont si considérables que l'on a cru devoir
donner séparément cette derniere leçon.

24

La seule Pomone,
Sous ce frais berceau,
Rit, et se couronne
Du pampre nouveau;
Et du vin qui coule
S'abreuve une foule
De jeunes Sylvains,
Qu'on voit dans la plaine
Soutenir à peine
Leurs pas incertains.
Viens, mon cher Ariste·
Fuis l'empire vain
D'une raison triste.
Est-ce au dieu du vin
Qu'un sage résiste?
Sois sage, mais boi.
Vois le dieu du Pinde,
Esclave avec toi,
Du vainqueur de l'Inde
Suivre ici la loi.
Il veut qu'on allie
Sur un même ton

Maxime et saillie,
Pétrone et Caton,
Sagesse et folie.
Ainsi verra-t-on
Épicure à table,
Au banquet aimable
D'un nouveau Platon.
J'y veux pour convive
L'enfant de Cypris:
Au milieu des ris
Sa chaleur plus vive
Plaît à mes esprits.
Couché sous la treille,
Si quelqu'un sommeille,
Par un tendre effort
Qu'Amour le réveille
Quand Bacchus l'endort.
Austere Chrysippe,
Vas-tu follement
Poser un principe
Contre un sentiment?
Pourquoi d'un moment

Que le ciel nous donne,
Nous faire un tourment?
La nature ordonne;
Mon cœur obéit:
Séneque raisonne;
Horace jouit.

Écoute l'emblême
Dont il nous instruit:
D'une ardeur extrême
Le temps nous poursuit:
Détruit par lui-même,
Par lui reproduit,
Plus léger qu'Eole,
Il naît, et s'envole,
Renaît, et s'enfuit.
Enivrons Saturne;
Ce vieillard plus doux,
Égayant pour nous
Son front taciturne
Perdra son courroux
Au fond de cette urne;
Devenu plus lent,

Ce dieu turbulent,
Pour reprendre haleine,
Prendra de Silene
Le pas nonchalant.

    Sous l'ombre propice
De ce bois sacré,
Pour le sacrifice
L'autel est paré.

Hébé me couronne
D'un lierre divin,
Et Comus ordonne
L'apprêt du festin.

Avec nos bergeres
Chantez, dieux des bois;
Ménades légeres,
Dansez à leur voix.

La victime est prête:
Ami, qui t'arrête?
Thémire avec moi,
Pour ouvrir la fête,
N'attend plus que toi.

ÉPÎTRE

SUR LA VOLUPTÉ.

Hôte aimable d'un lieu charmant,
Où, loin du faste et du tumulte,
Tu parois si fidele au culte
Du dieu pere de l'enjoûment,
J'irai sous ce bois respectable,
De myrte et d'oliviers planté,
Revoir à tes côtés à table
L'innocence et la volupté.

Des grands ainsi que du vulgaire
Que ces beaux lieux soient ignorés :
Dans ce bachique sanctuaire,
Tous ces profanes altérés
Porteroient leur soif téméraire.

Adorons de loin nos tyrans :
Si la gloire avec eux habite,
L'ennui suit la pompe et les rangs;

Et tu sais que la joie évite
L'air fâcheux des dieux et des grands.
Non, vous n'aurez point notre hommage,
Vous dont j'ai bravé les mépris :
Ce berceau, mieux que vos lambris,
Couronne la tête du sage.
Plus de plaisir, moins de splendeur ;
Vos ennuyeuses excellences,
Et vos sérieuses grandeurs
Glaceroient nos vives séances.
Les dieux, par un don généreux,
Ont comblé l'état où nous sommes :
La grandeur fut faite pour eux ;
Le plaisir fut fait pour les hommes :
Ils sont grands ; nous sommes heureux.
　　Que la saturnale établie
Dans ton rustique appartement
Leur prouve notre enchantement :
Quand l'ivresse parle, et délie
Les nœuds du froid raisonnement,
Lorsqu'un léger caprice allie,
Par un bizarre enchaînement,

Et la maxime et la saillie,
Et que des cœurs l'accord charmant
Joint aux accès de la folie
Les ressources du sentiment,
Dieux, respectez l'égarement
D'un heureux mortel qui s'oublie,
Plus dieu que vous dans ce moment.
Pendant que l'active opulence
Possede sans pouvoir jouir,
Coulant dans l'ombre du plaisir
Des jours faits pour l'indépendance,
Une oisive et molle indolence
M'endort dans les bras du plaisir,
M'éveille au sein de l'espérance.
    Ami, voilà la volupté,
Libre enfant de l'oisiveté,
La volupté toujours nouvelle,
Vive sans fougue et sans transports,
Qui fuit, mais qui laisse après elle
Les desirs au lieu de remords !
Sur mon front serein la jeunesse
Seme encor les fleurs et les lis;

Je bois, je folâtre, et je ris;
Si je succombe à ma foiblesse,
Un dieu, réchauffant mes esprits,
De ma flamme et de mon ivresse
Redouble à chaque instant le prix;
Et chaque instant qui fuit me laisse
Plus altéré mais plus épris.

   Nuit charmante, arrête, prolonge
Les douceurs d'un festin pareil;
Reculons l'instant du réveil,
Il ne peut nous donner qu'un songe.
Que l'aube à son brillant retour,
Sur les gazons nous trouve encore
Disputant de vers et d'amour,
Et de nouveau voyons éclore
Pour prémices d'un plus beau jour,
Les fleurs, les plaisirs, et l'aurore.

LA NUIT DE PARIS.

ÉPÎTRE À OLYMPE.

Tandis que l'enfant de Cypris
Inspire et féconde l'adresse
De ses nocturnes favoris,
Et, dans la nuit la plus épaisse,
Trompe les cocus de Paris;
Quand l'Hymen dort, quand l'Amour veille;
Quand le suisse prête l'oreille
Au marteau que va doucement
Soulever la main d'un amant;
Quand les Martons en sentinelle
Observent les pas des jaloux;
Quand plus d'une épouse infidele
Ferme sur elle les verroux;
Lorsqu'une heure sonne et m'appelle,
Je pars, je vole où me conduit

La route la plus solitaire,
Donnant pour guide le mystere
Au dieu des faveurs qui me suit.
J'arrive auprès de ta demeure;
Et, loin des passants et du bruit,
Couvert du manteau de la nuit,
J'attends ton retour et ton heure.

   Ces vers te peindront le local
Voisin de tes toits domestiques.
Près de ce temple monacal,
Par ses cloches et ses cantiques
À notre repos si fatal,
Deux petits monuments antiques
Ont un frontispice inégal;
Une Madone et sa chapelle,
Une Naïade et son canal,
Font une accolade nouvelle.
Au centre est un enfoncement,
Un refuge, un abri fidele,
Qui sert de niche à ton amant.
Aux divinités mes voisines
Je dis l'excès de mon amour,

Et les entretiens tour-à-tour
Des plaisirs que tu me destines.

Objet de ce saint monument,
Dis-je en m'adressant humblement
À la pucelle égyptienne,
Souffre qu'un profane, un amant,
Au lieu de te dire une antienne,
Soupire à tes pieds son tourment.
Tu me vois d'un regard sévere;
Et cette lampe qui t'éclaire,
J'en juge par son tremblement,
Me prête à regret sa lumiere.
Ô déesse! écoute un moment:
De tous les voiles du mystere
Je couvre mon égarement;
Et si d'une ardeur criminelle
Je brûle involontairement,
Au moins suis-je un amant fidele.

Toi qui du fond de ces canaux
Fais jaillir ta vive cascade,
Ô Nymphe! ô gentille Naïade!
Dont j'entends murmurer les eaux,

Avec plaisir tu dois apprendre
Le bonheur d'un amant heureux;
Tu seras propice à mes vœux,
Les Naïades ont le cœur tendre.
Quand je parle ici de mes feux,
Que fais-tu, Nymphe de la Seine?
Peut-être en ces humides lieux,
Quelque triton audacieux
Perce ta voûte souterraine.
Je le vois, brûlant de desir,
Réchauffer ton onde glacée,
Et sur ton urne renversée
Trouver la source du plaisir.
Loin que ta pudeur s'y refuse,
Combien de fois sans l'arrêter
Sais-tu lui faire répéter
Les jeux d'Alphée et d'Aréthuse!
Ma Nymphe, aussi vive que toi,
Dans peu goûtera ces délices,
Aura ces gages de ma foi,
Et verra de tels sacrifices.

    Mais tandis que dans ce réduit

Ma veine coule avec ton onde,
Près de nous j'entends quelque bruit.
Au travers de la nuit profonde,
Quel est le flambeau qui me luit?
Le bruit cesse... il se renouvelle...
L'espoir fait tressaillir mon cœur...
C'est Olympe... on frappe; c'est elle;
Ah! c'est l'instant de mon bonheur.
Je vole, Olympe, où tu m'appelles;
Prépare des flammes nouvelles
Pour tous les transports que je sens.
Adieu, fontaines et chapelles,
Adieu, Nymphes, adieu, Pucelles;
J'invoque des dieux plus puissants:
Amour, porte-moi sur tes ailes
Au paradis fait pour mes sens.

F R A G M E N T S

D' U N P O Ë M E

Sur nos campagnès d'Italie en 1733 et 1734.

BATAILLE DE PARME.

Déja les deux partis s'avançoient en silence :
D'armes et d'étendards les champs étoient couverts ;
Et l'ange des combats, du haut des cieux ouverts,
Apportoit dans ses mains l'éternelle balance
Où sont pesés des rois les intérêts divers.

      Le cri de Bellone
      Nous a rassemblés :
      Le signal se donne ;
      Les airs sont troublés
      Des coups redoublés
      Du bronze qui tonne.

Par un feu roulant
Le combat s'engage,
Et l'airain brûlant
Vomit le carnage.
Les rangs sont ouverts,
Les cieux sont couverts
D'un affreux nuage :
Par-tout le courage
Tente un même effort,
Et trouve au passage
L'obstacle ou la mort.
Par-tout le ravage,
L'aveugle fureur,
La pâle terreur,
La plainte, et la rage,
Présentent l'horreur
De l'heure derniere,
Quand tous les fléaux
Rendront au chaos
La nature entiere.

Coigny dans ce danger précipite ses pas;
Et, bravant mille morts qui volent sur sa tête,

D'un front calme et serein oppose à la tempête
La majesté du dieu qui préside aux combats.

BATAILLE DE GUASTALLE.

Virtemberg, qui couroit à son heure fatale,
De la digue au rivage occupoit l'intervalle;
Avec ses combattants, ces vaillants cuirassiers,
La gloire de l'empire, et l'effroi des guerriers.
De leur front élevé l'armure étincelante,
Des monstres des forêts la dépouille effrayante,
Rendoient plus redoutés ces centaures du nord,
Dont l'aspect annonçoit ou la fuite ou la mort.
    Soudain l'élite guerriere
    De nos escadrons brillants
    S'élance dans la carriere;
    Les vents portent leur banniere;
    Ils partent avec les vents.
    L'airain des trompettes sonne,
    L'acier sur l'acier résonne,
    La mort croise tous ses traits:
    Les rangs mêlés se confondent;

Les coups frappés se répondent,
Reçus, rendus de plus près.
On voit les coursiers rapides
Partir d'un élan fougueux,
Et leur instinct belliqueux
Les fait voler sous leurs guides,
Les fait combattre avec eux.
Tout cede enfin, tout succombe :
La voix du sort a parlé;
Et du colosse ébranlé
La masse chancelle, et tombe.
Harcourt, Brissac, Chatillon,
Maîtres du sanglant rivage,
Chassent comme un tourbillon
Ce qui reste à leur passage.
Où sont ces audacieux?
Leur front, qui touchoit aux cieux,
Est caché dans la poussiere.
J'ai vu leur déroute entiere;
Et ce qui fuit devant nous,
Précipité par la crainte,
D'un bois s'est fait une enceinte
Qui les dérobe à nos coups

INSCRIPTION

POUR UN BOUDOIR.

HABITONS ce petit espace,
Assez grand pour tous nos souhaits :
Le bonheur tient si peu de place !
Et ce dieu n'en change jamais.

LE MAL DE TÊTE

De madame la duchesse de GONTAUT.

GONTAUT, ce mal est peu de chose,
Jupiter en eut un pareil.
Sans Esculape et son conseil
Mes vers vous en diront la cause...
Entre la Sagesse et l'Amour
L'Esprit voulant former une paix signalée

Convint des lois, fixa le jour,
Et prit le lieu de l'assemblée.
De votre cerveau l'on fit choix,
Séjour connu de tous les trois.
On s'assemble, on crie, on tempête ;
On fait, pour décider ses droits,
Un bruit à vous fendre la tête ;
On convient des faits, on s'arrête ;
Le bruit cesse avec la douleur ;
L'Esprit triomphe, et se fait fête
De votre repos et du leur.

Pour vous se fit cette alliance :
L'Amour de vos yeux s'empara,
La Sagesse au cœur prit séance,
Et l'Esprit content demeura
Au lieu marqué pour l'audience...
Amour, Sagesse, Esprit, vous êtes tous bien là.

L'ARBRE MOURANT.

Citoyens, qui voyez étendus sur la terre
Ces rameaux, ces tristes débris,
Ma chûte, qui vous a surpris,
Ne vient point des feux du tonnerre.
Hélas! apprenez mon destin.
J'ombrageois ce tertre voisin
Du lieu qu'habitoit Galatée;
L'ingrate s'en est écartée:
J'ai langui, j'ai perdu ma seve et mes couleurs.
Je n'ai plus goûté l'avantage
De parer son jardin, de garantir ses fleurs,
Et de la voir sous mon ombrage.
Tout m'a quitté. L'oiseau, qu'attiroit mon feuillage,
Portoit ailleurs ses chants, me laissant mes douleurs,
Et me privoit de son ramage.
La douleur de ne plus vous voir,
Galatée, a causé mon dernier désespoir.

Les vents, les aquilons partent de ces collines
    Qui touchent aux plaines voisines :
Je les ai conjurés de terminer mon sort.
Les vents m'ont écouté, j'ai senti leur effort,
    Et vous contemplez mes ruines.
    Si quelque voisin, plus heureux,
Peut s'attacher à vous d'une ardeur aussi vive,
Sur mon exemple, hélas! favorisez ses vœux,
    Et n'ordonnez pas qu'il me suive.

FIN DES POÉSIES DIVERSES.

CASTOR

ET

POLLUX,

TRAGÉDIE LYRIQUE

EN CINQ ACTES.

ACTEURS.

POLLUX.

CASTOR.

TÉLAÏRE.

PHÉBÉ.

JUPITER.

MERCURE.

CLÉONE, confidente de Phébé.

LE GRAND-PRÊTRE de Jupiter.

UN SPARTIATE.

UNE VOIX.

UNE AUTRE VOIX.

UN ATHLETE.

UNE SUIVANTE D'HÉBÉ.

UNE OMBRE HEUREUSE.

SPARTIATES.

GUERRIERS COMBATTANTS.

PLAISIRS CÉLESTES.

PUISSANCES MAGIQUES.

DÉMONS.

OMBRES HEUREUSES.

PEUPLES.

CASTOR

ET

POLLUX.

ACTE PREMIER.

Le théâtre représente le palais du roi de Sparte, avec tout l'appareil
d'un hyménée.

SCENE I.

PHÉBÉ, CLÉONE.

CLÉONE.

L'HYMEN couronne votre sœur;
Pollux épouse Télaïre;
Ce pompeux appareil annonce son bonheur :
Mais j'entends Phébé qui soupire.

PHÉBÉ.

Mon cœur n'est point jaloux d'un sort si glorieux.
Un autre s'y fait entendre :
Ah! que n'est-il ambitieux!
Peut-être seroit-il moins tendre.

27

Filles du dieu du jour, par quels présents divers
 Le ciel marqua notre partage!
Je reçus le pouvoir d'évoquer les enfers;
Que Télaïre obtint un plus doux avantage!
Elle commande aux cœurs, où mon art ne peut rien;
 Un coup d'œil lui rend tout possible; ..
Je ne fais qu'étonner ce qu'elle rend sensible:
 Que son pouvoir est au-dessus du mien!
  Que l'univers la trouve belle,
  Je le pardonne à ses appas;
Mais que l'ingrat Castor m'abandonne pour elle,
Voilà ce que mon cœur ne lui pardonne pas.

CLÉONE.

 L'hymen du roi, qui va rompre leur chaîne,
Doit vous rendre l'espoir de fixer votre amant.

PHÉBÉ.

Elle aura ses regrets, je n'aurai que la peine
 D'espérer encor vainement...
Et si le roi cédoit aux larmes de son frère
 L'objet qui cause son tourment?
Tu vois ce que je crains; voici ce que j'espere :
 Cléone, en ce moment fatal,

Pour venger ma flamme offensée,

Je leur garde un autre rival,

Et je puis disposer des fureurs de Lincée.

Son amour qu'on outrage est tout près d'éclater;

Il veut de ce palais enlever Télaïre...

Je la vois : son triomphe augmente mon martyre :

Songeons à l'éviter.

(Elle sort.)

SCENE II.

TÉLAÏRE, seule.

Éclatez, mes justes regrets;

Dans un moment, hélas! il faudra vous contraindre :

Le ciel m'ôtera désormais

Jusqu'à la douceur de me plaindre.

La gloire unit en vain tout ce qu'elle a d'attraits

Pour un dieu qui m'adore, et me force à le craindre;

L'Amour a lancé d'autres traits :

Ces honneurs que je fuis ne font voir que l'excès

D'un feu que je ne puis éteindre.

Éclatez, mes justes regrets;

Dans un moment, hélas! il faudra vous contraindre :

Le ciel m'ôtera désormais
Jusqu'à la douceur de me plaindre.

SCENE III.

TÉLAÏRE, CASTOR.

CASTOR.

Ah! je mourrai content, je revois vos appas.

TÉLAÏRE.

Prince, osez-vous encor me parler de tendresse?

CASTOR.

On permet nos adieux.

TÉLAÏRE.

Eh! ne deviez-vous pas
Les épargner à ma foiblesse?

CASTOR.

Quand j'ai pour cet adieu l'aveu de votre époux,
Quand vous m'allez être ravie,
Cruelle! me reprochez-vous
Le dernier plaisir de ma vie!
Mon frere a vu mes pleurs, et, loin de les cacher,
J'ai laissé voir toute ma flamme;

La pitié lui parloit, et sembloit le toucher;
Mais l'amour, plus puissant, l'écartoit de son ame.
Achevez son bonheur, je quitterai ces lieux
Sans me plaindre de vous, sans accuser mon frere :
Ai-je à me plaindre que des dieux?

TÉLAÏRE.

Vous partez!

CASTOR.

Je m'impose un exil nécessaire.
Dans ces yeux, maîtres de mon sort,
Si j'ai trouvé cent fois la vie;
Quand l'espérance m'est ravie,
J'y trouverois cent fois la mort.

TÉLAÏRE.

Et le roi permettra cette fuite inhumaine!
Non, son cœur est trop généreux.

CASTOR.

En faisant son bonheur, elle adoucit ma peine :
Vous me plaignez, il m'aime, et je pars trop heureux.

(Pollux, qui les observoit, paroît en ce moment,)

SCENE IV.

POLLUX, TÉLAÏRE, CASTOR.

POLLUX.

Non, demeure, Castor, c'est moi qui te l'ordonne :
L'amour et l'amitié t'en imposent la loi.
Calme l'inquiétude où ton cœur s'abandonne :

 Pour te retenir près de moi,

 La main qu'on devoit à ma foi

 Est la chaîne que je te donne.

(Il prend la main de Télaïre, et l'unit à celle de Castor.)

CASTOR.

Ô bonté que j'adore !

TÉLAÏRE.

  Ô grandeur qui m'étonne !

POLLUX.

 Je connois tout ce que je perds ;
Castor à mon amour rendra cette justice ;
Il pourra mieux juger du prix du sacrifice

 Par les tourments qu'il a soufferts.

(La suite du roi et le peuple entrent sur la scene.)

SCENE V.

POLLUX, TÉLAÏRE, CASTOR, SPARTIATES.

POLLUX, au peuple.

Ces apprêts m'étoient destinés,

J'en faisois mon bonheur suprême;

Que leurs fronts soient couronnés

De ces fleurs qui devoient parer mon diadême:

De deux objets que j'aime

Je fais deux amants fortunés.

CHOEUR DE SPARTIATES.

Chantons l'éclatante victoire

D'un héros qui domte l'amour;

Si la vertu triomphe en ce beau jour,

L'amour ne perd rien de sa gloire.

(On danse.)

CASTOR.

Quel bonheur regne dans mon ame!

Amour, as-tu jamais

Lancé de si beaux traits?

Des mains de l'amitié tu couronnes ma flamme :

Amour, as-tu jamais

Lancé de si beaux traits?

(On danse. La fête est interrompue par un bruit tumultueux.)

SCENE VI.

UN SPARTIATE ET LES ACTEURS
PRÉCÉDENTS.

UN SPARTIATE.

Quittez ces jeux, courez aux armes;

Lincée attaque ce palais ;

La jalouse Phébé semble guider ses traits.

CHOEUR.

Courons aux armes.

CASTOR ET POLLUX, se séparant pour aller combattre
aux deux côtés du théâtre, où l'on entend le bruit des trompettes.

Allons dissiper ces alarmes,

Aux armes.

TÉLAÏRE, à Castor.

Arrêtez, Castor, arrêtez.

Les différents CHOEURS derriere le théâtre.

Combattons, attaquons, attaquez, combattez.

UNE VOIX seule.

Enlevons Télaïre.

TÉLAÏRE.

Ah! quelle fureur les inspire!

CHOEUR, derriere le théâtre.

Combattons, attaquons, attaquez, combattez.

(Après un grand bruit de guerre, Lincée force l'entrée du palais, et paroît à la tête des siens. Castor, qui étoit sorti du théâtre rentre pour le combattre; il est repoussé, et tombe dans la coulisse sous les coups de Lincée.)

UNE VOIX.

Castor, hélas! Castor est tombé sous ses coups.

CHOEUR DES SPARTIATES.

Ò perte irréparable!

Ò malheur effroyable!

TÉLAÏRE, tombant dans les bras de ses suivantes.

Je me meurs.

LE CHOEUR.

Pollux, vengez-nous.

(Le bruit de guerre recommence. Lincée reparoît, et traverse la scene pour enlever Télaïre qu'il entraîne hors du théâtre. Pollux vole à sa rencontre, dégage la princesse, et attaque son ennemi. La troupe de Castor se rallie à celle de Pollux qui combat Lincée, le poursuit, et le fait tomber sous ses coups.)

FIN DU PREMIER ACTE.

28

ACTE SECOND.

Le théâtre représente le lieu de la sépulture des rois de Sparte, au milieu duquel est élevé un tombeau militaire pour les funérailles de Castor : il est éclairé de lampes sépulcrales. Le reste est une forêt sombre, plantée de peupliers et de cyprès, où se rassemble le peuple de Sparte. Le commencement de l'acte se passe dans la nuit.

SCENE I.

CHOEUR DES SPARTIATES, qui arrivent au tombeau avec toutes les marques d'un grand deuil, les armes renversées, et garnies de crêpes.

Que tout gémisse,

Que tout s'unisse :

Préparons, élevons d'éternels monuments

Au plus malheureux des amants :

Que jamais notre amour ni son nom ne périsse.

Que tout gémisse.

SCENE II.

TÉLAÏRE, dans le plus grand deuil, vient se jetter au
pied du mausolée.

Tristes apprêts, pâles flambeaux,
Jour plus affreux que les ténebres,
Astres lugubres des tombeaux,
Non, je ne verrai plus que vos clartés funebres.

Toi qui vois mon cœur éperdu,
Pere du jour, ô soleil, ô mon pere,
Je ne veux plus d'un bien que Castor a perdu,
Et je renonce à ta lumiere.

Tristes apprêts, pâles flambeaux,
Jour plus affreux que les ténebres,
Astres lugubres des tombeaux,
Non, je ne verrai plus que vos clartés funebres.

SCENE III.

PHÉBÉ, TÉLAÏRE.

TÉLAÏRE.

Cruelle, en quels lieux venez-vous?
Osez-vous insulter encore,
Aux mânes d'un héros qui périt par vos coups?

PHÉBÉ.

Laisse à l'amour qui me dévore
Le soin de me punir d'un crime que j'abhorre;
Il m'en dit plus que ton courroux.
Tu pleures l'amant le plus tendre;
Mais de nous deux encor son destin peut dépendre;
D'un mot tu peux le rendre au jour.

TÉLAÏRE.

Ordonnez: que faut-il?

PHÉBÉ.

Immoler ton amour;
Et mon art forcera l'enfer à nous le rendre.

TÉLAÏRE.

Oui, je m'en impose la loi.

Qu'il vive, que pour lui votre ardeur se signale.

PHÉBÉ.

Tu le veux?

TÉLAÏRE.

Hâtez-vous; je cede à ma rivale

L'amour dont il brûla pour moi.

(On entend une symphonie guerriere et des chants de victoire.)

LE CHOEUR, derriere le théâtre.

Triomphe, vengeance!

TÉLAÏRE.

C'est le roi vainqueur qui s'avance.

PHÉBÉ.

Il a vengé nos maux, il faut les réparer.

(Elle sort.)

(Le jour commence à paroître, et découvre les différents monuments qui sont sur la scene.)

SCENE IV.

POLLUX, TÉLAÏRE, TROUPE DE
SPARTIATES, D'ATHLETES ET
DE COMBATTANTS, portant des trophées
et les dépouilles des ennemis.

POLLUX.

Peuples, cessez de soupirer.

Non, ce n'est plus des pleurs que ces mânes demandent;

C'est du sang qu'ils attendent,

Et ce sang fatal a coulé;

Lincée est immolé.

TOUS LES CHOEURS.

Que l'enfer applaudisse

À de nouveaux concerts :

Qu'une ombre plaintive en jouisse.

Le cri de la vengeance est le chant des enfers.

POLLUX, à Télaïre.

Princesse, une telle victoire

Doit adoucir pour vous l'horreur de ce séjour.

TÉLAÏRE.

La vengeance flatte la gloire,
  Mais ne console pas l'amour.
Prince, un rayon d'espoir à mes yeux se présente :
Le pouvoir de Phébé peut remplir notre attente,
  Et ravir Castor aux enfers.

POLLUX.

Non, c'est en vain qu'elle le tente,
Et c'est encore à moi de réunir vos fers.
Aux pieds de Jupiter j'irai me faire entendre :
  Le dieu qui me donna le jour
  À mon frere peut le rendre.
Aux larmes de son fils quelle marque plus tendre
  Peut-il donner de son amour ?

TÉLAÏRE.

  Ah ! prince, osez tout entreprendre ;
Montrez qu'aux immortels votre sort est lié :
Jupiter, dans les cieux, est le dieu du tonnerre,
    Et Pollux, sur la terre,
  Sera le dieu de l'amitié.
D'un frere infortuné ressusciter la cendre,
L'arracher au tombeau, m'empêcher d'y descendre,

Triompher de vos féux, des siens être l'appui,

Le rendre au jour, à ce qu'il aime,

C'est montrer à Jupiter même

Que vous êtes digne de lui.

POLLUX.

Reprenez vos chants de victoire,

Que mon triomphe embellisse ces lieux :

Occupez Télaïre, et charmez ses beaux yeux

Par le spectacle de ma gloire.

(La scene devient plus éclairée, les tombeaux sont couverts de
trophées et des dépouilles des ennemis. Marche des combattants. Entrée et combat figuré d'Athletes et des Gladiateurs.)

UN ATHLETE.

Éclatez, fieres trompettes ;

Faites briller dans ces retraites

La gloire de nos héros.

Par des chants de victoire

Troublons le repos

Des échos :

Qu'ils ne chantent plus que la gloire.

(Des femmes Spartlates se mêlent à la fête des guerriers, couronnent les vainqueurs, et forment un divertissement de réjouissances pour célébrer la victoire de Pollux,)

FIN DU SECOND ACTE.

ACTE TROISIEME.

Le théâtre représente le vestibule du temple de Jupiter où Pollux doit faire un sacrifice. Deux niches et deux autels sont à côté de l'arcade du milieu : la statue de l'Espérance est d'un côté, et celle de la Crainte de l'autre.

SCENE I.

POLLUX, seul.

PRÉSENT des dieux, doux charme des humains,
Ô divine amitié, viens pénétrer nos ames :
  Les cœurs éclairés de tes flammes
Avec des plaisirs purs n'ont que des jours sereins.
C'est dans tes nœuds charmants que tout est jouissance ;
Le temps ajoute encore un lustre à ta beauté :
  L'amour te laisse la constance ;
  Et tu serois la volupté,
  Si l'homme avoit son innocence.
Présent des dieux, doux charme des humains,
Ô divine amitié, viens pénétrer nos ames :
  Les cœurs éclairés de tes flammes
Avec des plaisirs purs n'ont que des jours sereins.

(Le temple s'ouvre, et les prêtres en sortent.)
Mais le temple est ouvert, le grand-prêtre s'avance.

S C E N E I I.

POLLUX, LE GRAND-PRÊTRE DE
JUPITER, PEUPLES, ET SUITE
DU GRAND-PRÊTRE.

LE GRAND-PRÊTRE.

Le souverain des dieux
Va paroître en ces lieux
Dans tout l'éclat de sa puissance :
Tremblez, redoutez sa présence ;
Fuyez, mortels curieux.

Ce n'est que par les feux et la voix du tonnerre
Qu'il s'annonce à la terre :
Et l'aspect redouté de son front glorieux
N'est vu que par les dieux.

Qu'au seul nom de ce dieu suprême
De respect et d'effroi tous les cœurs soient glacés ;

Fuyez et frémissez :

Fuyons et frémissons nous-même.

CHŒUR DES PRÊTRES.

Fuyons et frémissons nous-même.

(Le peuple et les prêtres se retirent. Pendant le récit du grand-
prêtre, Pollux, qui attend la présence de Jupiter, passe de l'autel
de la Crainte à celui de l'Espérance, où la flamme s'allume tout-à-
coup quand le grand-prêtre sort.)

(Le théâtre change : Jupiter paroît dans son palais, assis sur
un trône et environné de toute sa gloire.)

SCENE III.

JUPITER, POLLUX.

POLLUX, aux pieds de Jupiter.

Ma voix, puissant maître du monde,

S'éleve en tremblant jusqu'à toi :

D'un seul de tes regards dissipe mon effroi,

Et calme ma douleur profonde.

Ô mon pere, écoute mes vœux.

L'immortalité qui m'enchaîne

Pour ton fils désormais n'est qu'un supplice affreux.

Castor n'est plus ; et ma vengeance est vaine,

Si ta voix souveraine

Ne lui rend des jours plus heureux.
Ô mon père, écoute mes vœux,

JUPITER.

Que son retour, mon fils, auroit pour moi de charmes!
　Qu'il me seroit doux d'y penser!
Mais l'enfer a des lois que je ne puis forcer;
Et le sort me défend de répondre à tes larmes.

POLLUX.

Ah! laisse-moi percer jusques aux sombres bords.
J'ouvrirai sous mes pas les antres de la terre;
J'irai braver Pluton, j'irai chercher les morts
　À la lueur de ton tonnerre;
J'enchaînerai Cerbere; et, plus digne des cieux,
Je reverrai Castor et mon pere et les dieux.

JUPITER.

J'ai voulu te cacher le sort qui te menace.
D'un frere infortuné tu peux briser les fers
　Si tu descends dans les enfers;
Mais il est ordonné, pour prix de ton audace,
　Que tu prennes sa place.
　Tes jours éternels, tes beaux jours
　Sont trop dignes d'envie.

POLLUX.

Non, je ne puis souffrir la vie

Si Castor avec moi n'en partage le cours.

Je reverrai mon frere, il verra Télaïre :

Il est aimé, c'est à lui d'être heureux.

Chaque instant qu'ici je respire

Est un bien que j'enleve à son cœur amoureux.

JUPITER.

Avant que de céder au zele qui t'inspire,

Vois ce que tu perds dans les cieux.

Enfants du ciel, charmes de mon empire,

Plaisirs, vous qui faites les dieux,

Triomphez d'un dieu qui soupire.

(Les Plaisirs célestes, conduits par Hébé, entrent en dansant; ils
entourent Pollux; Jupiter se retire.)

S C E N E   I V.

POLLUX, HÉBÉ, LES PLAISIRS
CÉLESTES, qui tiennent des guirlandes de fleurs,
dont ils veulent l'enchaîner.

(Entrée d'Hébé et de sa suite, formée par les Plaisirs célestes.)

POLLUX.

Tout l'éclat de l'Olympe est en vain ranimé :

Le ciel et le bonheur suprême
   Sont aux lieux où l'on aime,
Sont aux lieux où l'on est aimé.

PETIT CHŒUR.

Qu'Hébé, de fleurs toujours nouvelles,
Forme vos chaînes éternelles.

(Hébé danse, et cesse d'attaquer Pollux, qu'elle veut enchanter.)

UNE SUIVANTE D'HÉBÉ.

   Voici des dieux
   L'asyle aimable :
   Goûtez des cieux
   La paix durable.

   Plus de plaisirs
   Que de desirs ;
    Des chaînes
    Sans peines ;
   Et de beaux jours
   Comptés toujours
   Par les Amours.

   Si l'on soupire,

C'est sans martyre :

Est-on charmé?

L'on plaît de même :

On dit qu'on aime,

On est aimé.

POLLUX.

Ah! sans le trouble où je me voi,

Charmants plaisirs, je vous serois fidele :

Mais, dans l'excès de ma douleur mortelle,

Plaisirs, que voulez-vous de moi?

(Nouvelle attaque d'Hébé.)

UNE SUIVANTE D'HÉBÉ.

Que nos jeux

Comblent vos vœux :

Suivez Hébé; que votre jeunesse

Sans cesse

Renaisse

Pour être à jamais heureux.

La grandeur la plus brillante

N'est point l'attrait qui nous tente :

Venez, voyez, goûtez

Les célestes voluptés.

Nous aimons; Jupiter même
N'est heureux que quand il aime.
Aimez, cédez, suivez
Les biens qui vous sont réservés.

(La danse recommence; les Plaisirs célestes font de nouveaux
efforts pour arrêter Pollux.)

POLLUX.

Si je romps vos aimables chaînes,
J'épargne aux dieux ma honte et mes soupirs.
Je descends aux enfers, pour oublier mes peines;
Et Castor renaîtra pour goûter vos plaisirs.

(Pollux rompt les guirlandes de fleurs dont il est enchaîné, et se
dérobe aux Plaisirs qui le suivent.)

FIN DU TROISIEME ACTE.

ACTE QUATRIEME.

Le théâtre représente l'entrée des enfers, où l'on descend par des rochers escarpés. Dans le fond est une caverne qui vomit des flammes, et dont le passage est défendu par des monstres, des spectres, et des démons.

SCENE I.

PHÉBÉ, seule.

ESPRITS, soutiens de mon pouvoir,

Venez, volez, remplissez mon espoir.

Descendez au rivage sombre;

Il faut lui ravir une ombre.

(Les Esprits et Puissances magiques descendent des rochers à la
voix de Phébé, qui forme ses enchantements.)

SCENE II.

PHÉBÉ, ESPRITS MAGIQUES.

PHÉBÉ.

Rasemblez-vous, secondez mon ardeur,

Des monstres des enfers combattez la fureur.

LE CHOEUR.

Des monstres des enfers combattons la fureur.

PHÉBÉ.

Redoublez vos charmes ;

Pénétrez ce séjour

Impénétrable au jour :

Redoublez vos charmes ;

Empruntez les traits de l'Amour

Pour avoir de plus fortes armes.

LE CHOEUR.

Des monstres des enfers combattons la fureur.

PHÉBÉ.

Mais, que vois-je ?

(Elle apperçoit Mercure qui descend; Pollux paroît en même
temps.)

SCENE III.

MERCURE, PHÉBÉ, POLLUX, ESPRITS MAGIQUES.

MERCURE.

Phébé, tu fais de vains efforts ;

De tes enchantements vois l'inutile usage :

Le fils de Jupiter aura seul l'avantage

De pénétrer aux sombres bords.

PHÉBÉ.

Ah! prince, où courez-vous?

POLLUX.

Je vole à la victoire

Qui doit couronner mes travaux.

Le chemin des enfers, sous les pas d'un héros,

Devient le chemin de la gloire.

PHÉBÉ.

Laissez-moi devancer vos pas;

Laissez-moi braver tout obstacle.

À l'amour est dû le miracle

De triompher du trépas.

POLLUX.

Allons, Mercure, où tu me guides.

L'ardeur que j'éprouve en ce jour

Prête à mon amitié des ailes plus rapides

Que ne sont celles de l'Amour.

(Il veut entrer dans la caverne; les monstres et les démons sortent des enfers pour défendre le passage.)

SCENE IV.

DÉMONS, LES ACTEURS PRÉCÉDENTS.

MERCURE, POLLUX, PHÉBÉ.

Tombez, rentrez dans l'esclavage :

Arrêtez, démons furieux.

POLLUX. Livrez-moi

PHÉBÉ. Livrez-lui } cet affreux passage,

MERCURE.

POLLUX. Et redoutez

PHÉBÉ. Et respectez } le fils du plus puissant des dieux.

MERCURE.

CHOEUR DES DÉMONS.

Sortons d'esclavage ;

Fermons-lui cet affreux passage ;

Et redoutons le fils du plus puissant des dieux.

(Danse des Démons, qui veulent effrayer Pollux.)

LE CHOEUR DES DÉMONS.

Brisons tous nos fers.

Ébranlons la terre,

Embrasons les airs.

Qu'au feu du tonnerre
Le feu des enfers
Déclare la guerre :
Brisons tous nos fers.

Jupiter lui-même
Doit être soumis
Au pouvoir suprême
Des enfers unis.
Ce dieu téméraire
Veut-il pour son fils
Détrôner son frere?

Brisons tous nos fers.
Ébranlons la terre,
Embrasons les airs.
Qu'au feu du tonnerre
Le feu des enfers
Déclare la guerre :
Brisons tous nos fers.

(Les Démons continuent leurs danses, et redoublent leurs efforts
pour écarter Pollux. Les Furies sortent des enfers, armées de
flambeaux et de serpents. Cette action est suivie d'une reprise

du chœur précédent, pendant laquelle Pollux combat les Démons : Mercure les frappe de son caducée, et passe avec Pollux
dans la caverne. Phébé, qui ne peut les suivre, se livre au
désespoir, se donne un coup de poignard, et se précipite dans
l'abyme.)

SCENE V.

CASTOR, OMBRES HEUREUSES.

(Le théâtre change et représente les champs élysées. On voit le
fleuve Léthé qui serpente dans ce séjour délicieux. Des Ombres
heureuses paroissent errer dans l'éloignement, et viennent à la
rencontre de Castor.

CASTOR.

Séjour de l'éternelle paix,
Ne calmerez-vous point mon ame impatiente?

L'Amour jusqu'en ces lieux me poursuit de ses traits :
Castor n'y voit que son amante,
Et vous perdez tous vos attraits.

Séjour de l'éternelle paix,
Ne calmerez-vous point mon ame impatiente?

Que ce murmure est doux! que cet ombrage est frais!

De ces accords touchants la volupté m'enchante,

Tout rit, tout prévient mon attente,

Et je forme encor des regrets.

Séjour de l'éternelle paix,

Ne calmerez-vous point mon ame impatiente?

CHOEUR DES OMBRES HEUREUSES.

Qu'il soit heureux comme nous.

Des biens que nous goûtons sur cet heureux rivage

Nos cœurs ne sont point jaloux :

Il les voit, qu'il les partage.

Qu'il soit heureux comme nous.

(Différents quadrilles d'Ombres heureuses s'approchent de Castor.)

UNE OMBRE.

Pour toujours

Ce rivage

Est sans nuit et sans orage.

Pour toujours

Cette aurore

Fait éclore

Nos beaux jours.

C'est le port

De la vie;

C'est le sort

Qu'on envie.

Le monde et ses faux attraits

Sont-ils faits

Pour nos regrets?

Non, jamais,

Lieux propices,

Vous n'offrez que des délices;

Non, jamais

Cet empire

Ne respire

Que la paix.

(Des danses légeres expriment par des jeux différents le caractere des Ombres,)

UNE OMBRE.

Sur les ombres fugitives

L'Amour lance encor des feux;

Mais il ne fait sur ces rives

Qu'un peuple d'amants heureux.

(On danse, et les Ombres suivent toujours Castor.)

UNE OMBRE, alternativement avec le chœur.

Dans ce doux asyle

Vos vœux seront couronnés;

Venez:

Aux plaisirs tranquilles

Ces lieux charmants sont destinés;

Ce fleuve enchanté,

L'heureux Léthé,

Coule ici parmi les fleurs;

On n'y voit ni douleurs,

Ni soucis, ni langueurs,

Ni pleurs:

L'oubli n'emporte avec lui

Que les soins et l'ennui;

Ce dieu nous laisse

Sans cesse

Le souvenir

Du plaisir.

(Les Ombres reprennent leurs danses, qui sont tout-à-coup interrompues.)

CHOEUR, derrière le théâtre.

Fuyez, fuyez, Ombres légeres!

Nos jeux sont profanés par des yeux téméraires.

(Pollux paroît, et les Ombres étonnées fuient devant lui.)

SCENE VI.

POLLUX, CASTOR, LES OMBRES;
MERCURE dans l'éloignement.

POLLUX.

Rassurez-vous, habitants fortunés;

Loin de troubler ce favorable asyle,

J'y viens goûter la paix que vous donnez.

C'est ici des héros la demeure tranquille.

Chere ombre, paroissez...

CASTOR, appercevant Pollux.

Ô mon frere! est-ce vous?

Ô moments de tendresse!

Ensemble.

Ô moment le plus doux!

Ô mon frere, est-ce vous?

POLLUX.

C'est moi qui viens briser la chaîne qui te lie :

C'est moi qui t'ai vengé d'un rival odieux.

CASTOR.

Je verrois la clarté des cieux?

POLLUX.

C'est peu de te rendre à la vie,
Le sort t'éleve au rang des dieux.

CASTOR.

Qu'entends-je? quel bonheur! je quitterois ces lieux?
Et le ciel près de toi me permettroit de vivre?

POLLUX.

Non; tu jouiras seul d'un partage si doux;
Et le destin jaloux
Va m'imposer les fers dont ma main te délivre.

CASTOR.

Par ton supplice, ô ciel! j'acheterois le jour?

POLLUX.

Tout l'univers demande ton retour:
Regne sur un peuple fidele.

CASTOR,

Le fils de Jupiter doit lui donner la loi.

POLLUX,

Vois dans les cieux la gloire qui t'appelle,

CASTOR.

J'immole au seul plaisir qui m'approche de toi
Toute la grandeur immortelle.

POLLUX.

Télaïre t'attend.

CASTOR.

Cruel, épargne-moi.
Elle-même, à ce prix, verroit avec effroi
Renouer de mes jours la trame criminelle.

POLLUX.

Castor, nous la perdrons tous deux.
Si tu tardes encor, tu lui coûtes la vie;
Hâte-toi; va, le ciel t'ordonne d'être heureux,
Et c'est ton rival qui t'en prie.

(Il embrasse son frere.)

CASTOR.

Oui, je cede enfin à tes vœux :
J'irai sauver les jours d'une amante fidele,
Je renaîtrai pour elle.
Mais, puisque enfin je touche au rang des immortels,
Je jure par le Styx qu'une seconde aurore
Ne me trouvera pas au séjour des mortels.

Je ne veux que la voir et l'adorer encore,

Et je te rends le jour, ton trône, et tes autels.

POLLUX, à Mercure.

Ses jours sont commencés;

Volez, Mercure, obéissez.

Rendez un immortel au séjour du tonnerre,

Un héros à la terre;

Volez, Mercure, obéissez.

CHOEUR DES OMBRES.

Revenez, revenez, sur les rivages sombres,

Habitez tous deux parmi nous,

Et nous rendrons les dieux jaloux

De la félicité des Ombres.

(Mercure enleve Castor dans un nuage : Pollux lui tend encore
les bras, et se retire avec les Ombres fortunées.)

FIN DU QUATRIEME ACTE.

ACTE CINQUIEME.

(Le théâtre représente une vue agréable des environs de la ville de Sparte, précédée d'un arc de triomphe orné de festons et de guirlandes pour le retour de Castor.)

SCENE I.

CASTOR, TÉLAÏRE.

TÉLAÏRE.

Le ciel est donc touché des plus tendres amours ?
Au jour que je quittois votre voix me rappelle.
Vous vivez pour m'être fidele,
Et vous vivrez toujours.

CASTOR.

Hélas !

TÉLAÏRE.

Mais pourquoi ces alarmes ?
Vous m'aimez ; je vous vois...

CASTOR.

Télaïre, vivez.

TÉLAÏRE.

Qu'entends-je ! quel discours !

CASTOR.

Télaïre...

TÉLAÏRE.

Achevez.

Le plus beau de nós jours est-il fait pour des larmes?

CASTOR.

À d'éternels adieux il faut nous préparer.

TÉLAÏRE.

Que dites-vous, ô ciel!

CASTOR.

Il faut nous séparer;
Je retourne aux rivages sombres.

TÉLAÏRE.

Castor! et vous m'abandonnez?

CASTOR.

Mon frere et mes serments m'attendent chez les ombres.

TÉLAÏRE.

À vous pleurer encor mes yeux sont condamnés!
À peine je vous vois, à peine je respire,
Castor, et vous m'abandonnez?

CASTOR.

L'instant fatal approche; il me presse; il expire...

Que cet instant a d'horreurs et d'appas?

T É L A Ï R E.

Hélas! te puis-je croire

Quand, parjure à l'amour, ingrat, tu ne fais gloire

Que d'être fidele au trépas.

(On entend des chants de réjouissances.)

Mais j'entends des cris d'alégresse.

S C E N E I I.

CASTOR, TÉLAÏRE, TROUPE DE SPARTIATES, qui viennent au devant de Castor.

CHŒUR DES SPARTIATES.

Vivez, heureux époux.

T É L A Ï R E.

Au devant de tes pas tout ce peuple s'empresse :

Veux-tu troubler ses jeux; ils étoient faits pour nous,

CASTOR, au peuple.

Hélas! vous ignorez que votre attente est vaine,

TÉLAÏRE ET LE CHŒUR.

Pourquoi vous dérober à des transports si doux?

CASTOR.

Peuples, éloignez-vous,
Vos desirs augmentent ma peine.

(Le peuple sort.)

SCENE III.

CASTOR, TÉLAÏRE.

TÉLAÏRE.

Eh quoi! tous ces objets ne peuvent t'attendrir.

CASTOR.

Voulez-vous qu'aux enfers j'abandonne mon frere?

TÉLAÏRE.

Les dieux nous le rendront; Jupiter est son pere.

CASTOR.

Vivez, et laissez-moi mourir.

TÉLAÏRE.

Tu meurs!... pour qui veux-tu que je respire encore?

CASTOR.

Régnez; mon frere est immortel,
Mon frere vous adore.

TÉLAÏRE.

Non, je n'attendrai pas un destin si cruel :

J'en atteste les dieux, et la mort que j'implore.

CASTOR.

Arrêtez; redoutez le charme de vos pleurs.

Si j'osois balancer, il est des dieux vengeurs:

Sur moi, sur vous peut-être ils puniroient ma flamme.

TÉLAÏRE.

De quelle horreur encor viens-tu frapper mon ame?

CASTOR.

J'armerois Jupiter; son fils a mes serments.

TÉLAÏRE.

Ils ont aimé, ces dieux; ils plaindront des amants.

(On entend plusieurs coups de tonnerre.)

Qu'ai-je entendu! quel bruit! quels éclats de tonnerre!

Hélas! c'est moi qui t'ai perdu.

CASTOR.

J'entends frémir les airs, je sens trembler la terre;

C'en est fait; j'ai trop attendu.

(Ensemble.)

Arrête, dieu vengeur, arrête.

(Le bruit redouble.)

CASTOR.

L'enfer est ouvert sous mes pas;

La foudre gronde sur ma tête.

(Télaïre tombe évanouie de frayeur.)

Ciel! ô ciel! Télaïre expire dans mes bras!

Arrête, dieu vengeur, arrête.

(Une symphonie mélodieuse succede au bruit du tonnerre.)

Mais le bruit cesse... Ouvrez les yeux :

A nos tourments la nature est sensible,

Et ces concerts harmonieux

Annoncent un dieu plus paisible.

(Jupiter descend du ciel sur son aigle.)

SCENE IV.

JUPITER, CASTOR, TÉLAÏRE.

JUPITER.

Les destins sont contents : ton sort est arrêté;

Je te rends à jamais le serment qui t'engage :

Tu ne verras plus le rivage

Que ton frere a déja quitté;

Il vit; et Jupiter vous permet le partage

De l'immortalité.

(Pollux paroît.)

SCENE V.

JUPITER, TÉLAÏRE, CASTOR, POLLUX.

CASTOR.

Mon frere, ô ciel!

POLLUX.

Dieux! je retrouve ensemble
Tous les objets de mon amour.

CASTOR.

J'allois te délivrer du ténébreux séjour;
Quand le ciel enfin nous rassemble.

CASTOR ET TÉLAÏRE.

Dieux qui formez pour nous un sort si plein d'appas,
Ô dieux! ne nous séparez pas.

JUPITER,

Séjour de ma grandeur, où je dicte des lois,
Vaste empire des cieux, ouvrez-vous à ma voix.

SCENE VI,

(Les cieux s'ouvrent, et font voir au milieu des airs le palais de
Jupiter, d'une architecture éclatante et légere, pórté sur des
nuages. Il communique des deux côtés, par des colonnades,
aux pavillons des principales divinités célestes, désignés par
leurs divers attributs. Dans le lointain paroît une partie du zodiaque, où se voit la place destinée à la constellation des Ju-
meaux. Le globe du soleil est au milieu, parcourant sa carriere.
Toutes les divinités du ciel se rassemblent, ainsi que les génies
qui président aux planetes et aux constellations.)

JUPITER, POLLUX, CASTOR,
TÉLAÏRE, L'AMOUR, etc.

JUPITER, à Castor et Pollux.

Tant de vertus doivent prétendre

Au partage de nos autels.

Offrons à l'univers des signes immortels

D'une amitié si pure et d'un amour si tendre.

Venez, jeune immortelle, embellissez les cieux ;

Le sort accomplit ses promesses,

C'est la valeur qui fait les dieux,

Et la beauté fait les déesses.

TOUS LES CHOEURS.

Que les cieux, que la terre et l'onde
Brillent de mille feux divers;
C'est l'ordre du maître du monde,
C'est la fête de l'univers.

(Ballet figuré des Heures et des Planetes.)

CASTOR.

Qu'il est doux de porter tes chaines,
Tendre Amour! tes plaisirs font oublier tes peines.
J'ai fait briller tes feux dans cent climats divers,

Pour montrer à tout l'univers

Qu'il est doux de porter tes chaines.

Tout m'a dit dans les enfers

Qu'il est doux de porter tes chaines :

Et quand les cieux me sont ouverts,

J'entends retentir dans les airs

Qu'il est doux de porter tes chaines.

(Les chœurs se mêlent à la voix de Castor, et répetent ce dernier vers; la fête continue. Ici Castor et Pollux sont enlevés sur
un nuage, et placés sur le zodiaque.)

LE CHOEUR.

Que les cieux, que la terre et l'onde

Brillent de mille feux divers ;
C'est l'ordre du maître du monde,
C'est la fête de l'univers.

(Un divertissement général termine l'opera.)

FIN DE CASTOR ET POLLUX.

LES SURPRISES

DE

L'AMOUR,

BALLET

COMPOSÉ DE TROIS ACTES SÉPARÉS;

L'ENLÈVEMENT D'ADONIS, LA LYRE ENCHANTÉE,
ANACRÉON.

PERSONNAGES

DU PREMIER ACTE.

Vénus.

L'Amour.

Diane.

Adonis.

Mercure.

Une Nymphe.

Les Graces.

Nymphes et Chasseurs de la suite
de Diane.

Amours, Jeux, et Plaisirs de la
suite de Vénus.

La scene est dans les bois de Diane.

L'ENLÈVEMENT
D'ADONIS.

PREMIÈRE ENTRÉE.

Le théâtre représente une vaste forêt.

SCENE I.

L'AMOUR.

Pour surprendre Adonis j'abandonne les cieux;
C'est l'Amour qui le suit, c'est Vénus qui l'adore:
Diane trop long-temps le dérobe à nos yeux.
C'est ici chaque jour qu'il devance l'aurore;
Et je viens, plus touché de l'emploi glorieux
D'instruire un jeune cœur des secrets qu'il ignore,
     Que de régner sur tous les dieux.

               (Adonis paroît.)

C'est lui... que j'aime à voir l'ennui qui le dévore!
(L'Amour se retire un moment pour observer Adonis et pour
            quitter ses armes.)

SCENE II.

ADONIS.

Ô Diane, ô sombres forêts,
Pourquoi n'avez-vous plus de charmes?
Dans vos jeux innocents je trouvois mille attraits.
Fiers habitants des bois, ne craignez plus mes armes;
Le trouble de mon cœur va vous donner la paix.
Ô Diane, ô sombres forêts,
Pourquoi n'avez-vous plus de charmes?

(L'Amour reparoît sans armes.)

SCENE III.

L'AMOUR, ADONIS.

L'AMOUR.

Vous qui connoissez ce séjour,
De mes pas égarés daignez être le guide.
En quels lieux sommes-nous?

ADONIS.

Diane ici préside,

Et ces bois menent à sa cour.

L'AMOUR.

Dans ces lieux écartés n'a-t-on point vu l'Amour?

ADONIS.

L'Amour! qui? ce monstre terrible,
Ce fatal ennemi du repos des humains?
Ah! qu'il éprouveroit un châtiment horrible
    S'il tomboit dans nos mains!

L'AMOUR.

Le dieu qui fait aimer, le dieu qui rend aimable,
    Est-il un monstre redoutable?
Hélas! peut-on le craindre? Il est fait comme vous.
Dans un âge si tendre, avec des traits si doux,
Le dieu qui fait aimer, le dieu qui rend aimable,
    Est-il un monstre redoutable?

ADONIS.

Il est armé de feux vengeurs...

L'AMOUR.

Ses feux sont de douces ardeurs
Qui brillent dans les yeux, qui coulent dans les veines.

ADONIS.

Il mêle à ses plaisirs des rigueurs inhumaines.

L'AMOUR.

Jugez du prix de ses faveurs
Puisqu'il fait adorer ses peines.

ADONIS.

Il ne se nourrit que de pleurs.

L'AMOUR.

Il est le dieu des ris.

ADONIS.

Ses liens sont des chaînes.

L'AMOUR.

Ses chaînes sont des fleurs.

ADONIS.

Mais c'est un enchanteur... Ah! je l'éprouve même
Au charme dangereux que vous tenez de lui.

L'AMOUR.

S'il enchantoit vos sens, s'il charmoit votre ennui?

ADONIS.

Non; ma frayeur seroit extrême.

L'AMOUR.

Je vous entendois soupirer
Quand vous rêviez sous cet ombrage;
C'est le réveil d'un cœur qui cherche à s'éclairer.

Le vôtre enfin commence à murmurer
　　D'un trop long esclavage.

ADONIS.

Si l'on connoît son cœur par ses desirs,
Je l'avoûrai, le mien se fait déja connoître.

L'AMOUR.

Allons chercher l'Amour; il vous dira peut-être
　　D'où naissent vos premiers soupirs...
Que sa mere, Adonis, vous feroit mieux entendre
　　Un mystere si tendre!...
　　Que vous lui trouveriez d'attraits!

ADONIS.

Son nom n'est point encor connu dans ces forêts.

L'AMOUR.

Diane a mille appas, et la cour qui l'adore
　　Offre les objets les plus doux.
Vénus d'un seul regard les effaceroit tous.
Sur le char du matin vous avez vu l'Aurore,
　　Et Vénus est plus belle encore.

ADONIS.

　　Plus belle, ô ciel! que dites-vous?
De mes transports je ne suis plus le maître,

Allons chercher l'Amour...

L'AMOUR.

Adonis, tu le vois,

Et Vénus va paroître.

ADONIS.

Au trouble de mon ame, au charme de sa voix,

Pouvois-je, ô ciel, le méconnoître?

(L'arrivée de Vénus est annoncée par une symphonie agréable,
et par la danse des Graces qui la précedent. Elles environnent
Adonis, qui ne sait d'abord laquelle adorer. Vénus paroît, et
fixe ses regards.)

SCENE IV.

VÉNUS, ADONIS.

VÉNUS à Adonis.

Vous parliez à l'Amour; quoi! vous ne craignez plus

D'écouter son tendre langage?

ADONIS.

Mon cœur risquera davantage

S'il écoute Vénus.

VÉNUS.

Vous plairez-vous toujours dans ce lieu solitaire?

ADONIS.

Avant ce jour, hélas! j'y bornois tous mes vœux.

VÉNUS.

La déesse des bois sans doute a su vous plaire?
Vous l'aimez?

ADONIS.

Je dois tout à ses soins généreux,
J'écoute ses leçons, je lui marque mon zele...
Mais sais-je encor ce que je veux?...
Demandez à l'Amour s'il m'a parlé pour elle.

VÉNUS.

S'il étoit un autre séjour
Où la voix du plaisir se feroit seule entendre,
Où pour vous mille jeux renaîtroient chaque jour,
Où, toujours adoré, vous seriez toujours tendre...
Quitteriez-vous ces lieux pour un séjour si doux?
Parlez.

ADONIS.

Déesse, y seriez-vous?

VÉNUS.

Oui, charmant Adonis, j'y serois pour vous plaire,
Pour jouir d'un bonheur qui fixe tous mes vœux,

34

Pour y brûler de tous les feux
Qu'Amour peut allumer dans le sein de sa mere,
Fuyez une loi trop sévere;
Je garde un sort plus doux au plus beau des mortels;
Venez partager à Cythere
Et ma tendresse et mes autels.

A D O N I S, jetant son javelot.

Ah! je vous suis par-tout. C'est l'Amour qui l'ordonne:
Eh! qui pourroit lui résister?...
Mais Diane que j'abandonne...
Mais vous que je ne puis quitter!..
Pardonnez ce désordre à mon premier hommage.
Adonis est à vous; Adonis est charmé.

V É N U S.

Son cœur m'aimera davantage,
Puisqu'il n'a point encore aimé.

Ensemble.

Dieux! quel bonheur sera le nôtre?
Hâtons l'instant de nos plaisirs.
Pourquoi languir dans nos desirs
Quand deux cœurs sont faits l'un pour l'autre?

(Le duo est interrompu par un bruit de chasse. L'Amour, qui est sorti
du théâtre pour observer ce qui se passe, rentre tout effrayé.)

SCENE V.

VÉNUS, L'AMOUR, ADONIS.

L'AMOUR.

Diane assemble ici sa cour.

Fuyons, sortons de ce séjour,

Et cherchons dans les airs une route nouvelle.

ADONIS.

La fuir! ah ciel! que dira-t-elle?

L'AMOUR.

Que tout cede à l'Amour.

(L'Amour, Vénus et Adonis, sortent ensemble. Des Chasseurs et
des Nymphes entrent sur le théâtre en dansant, et forment un
divertissement, qui est ensuite troublé par l'arrivée de Diane
et par ses plaintes.)

SCENE VI.

NYMPHES ET CHASSEURS.

UNE NYMPHE avec le chœur.

Le jour vient d'éclore,

Diane est aux bois;

Son cor et sa voix

Nous pressent encore.

Courons si bien tous

Que l'Amour jaloux

Ne nous puisse atteindre.

Tranquille séjour,

Tu n'as point à craindre

Les traits de l'Amour.

(Les jeux des Chasseurs continuent, et leur voix se mêle aux chants
de la Nymphe.)

LA NYMPHE, alternativement avec le chœur.

L'oiseau le plus tendre,

Discret dans ses chants,

Craint de faire entendre

Des sons trop touchants.

L'Amour nous offense

Même en ses chansons :

Chantons l'innocence

Dont nous jouissons.

(On danse.)

CHŒUR DE NYMPHES, derriere le théâtre.

Adonis, Adonis, pourquoi nous fuyez-vous ?

(Diane arrive.)

SCENE VII.

DIANE, LES CHŒURS

DIANE.

Ô dieux, quel ravisseur jaloux

Peut ici braver ma puissance ?

Courons, courons à la vengeance !

Volons sur ses pas ; armons-nous.

CHŒUR DE NYMPHES ET DE CHASSEURS.

Courons, courons à la vengeance !

Volons sur ses pas ; armons-nous.

(Une partie des Nymphes et des chœurs sort du théâtre pour
suivre Adonis.)

DIANE.

L'Amour a-t-il séduit sa crédule innocence?
  Cruel, je reconnois tes coups:
  Courons, courons à la vengeance!
  Volons sur ses pas; armons-nous.

  Jupiter, prends-tu sa défense?
  Si tu ne punis qui m'offense,
Tout se ressentira de mon juste courroux.

La plus affreuse nuit couvrira ces rivages;
J'obscurcirai mes feux qui brillent dans les airs;
  Hécate ira dans les enfers
Des torrents du Ténare exciter les ravages;
Et je déchaînerai du fond de ces déserts
  Mille monstres sauvages
  Qui désoleront l'univers.

     (Mercure descend du ciel.)

SCENE VIII.

MERCURE, DIANE, NYMPHES.

DIANE.

Mercure, venez-vous m'apprendre
Que mes pleurs ont touché les dieux?

MERCURE.

Oui, l'objet de tes vœux va paroître en ces lieux,
Vénus consent à te le rendre.
Ose, si tu veux, le reprendre;
Mais garde-toi de l'erreur de tes yeux,
Et crains de te laisser surprendre.

(Vénus paroît sur un nuage, ayant devant elle l'Amour, et Adonis
déguisé sous les mêmes traits, avec les armes et les attributs de
ce dieu. Vénus est accompagnée de toute sa suite.

SCENE IX.

VÉNUS, DIANE, MERCURE, ADONIS, L'AMOUR, GRACES, JEUX et PLAISIRS.

VÉNUS, en présentant à Diane l'Amour, et Adonis déguisé sous les mêmes traits.

Je cede à tes desirs par une loi suprême.
Sous les traits de l'Amour je te rends Adonis,
  Tu le vois près de l'Amour même ;
Tu peux choisir.

DIANE.

   Ô dieux ! qu'entends-je ? Je frémis.
Adonis... répondez... Il garde le silence...
Dieux ! si j'allois choisir l'ennemi qui m'offense !...
  Vénus, tu l'emportes sur moi.
  Garde un ingrat que je te livre :
   Dès qu'il a pu te suivre,
  Il n'est plus digne que de toi.
      (Elle sort.)

L'AMOUR.

Nous triomphons de sa colere.

Sombres forêts, triste séjour,

Disparoissez, laissez voir à l'Amour

Des lieux plus dignes de lui plaire.

(Le théâtre change; on voit les jardins d'Amathonte ornés de berceaux et de portiques dorés.)

SCENE X.

L'AMOUR, VÉNUS, ADONIS, LES GRACES; CHŒUR DES AMOURS, DES PLAISIRS ET DES JEUX.

CHŒUR.

Chantons l'Amour et sa conquête:

Qu'il va combler d'heureux desirs!

L'Hymen en prépare la fête,

L'Amour en promet les plaisirs.

VÉNUS.

Votre bonheur fait ma gloire suprême,

Ah! quel plaisir de vous charmer!

ADONIS.

L'Amour donne un cœur pour aimer,

Et c'est Vénus qu'il faut qu'on aime.

Quel amant fut jamais épris

D'une ardeur si pure et si belle?

Quel doit être l'excès d'une flamme nouvelle

Dont l'Amour est l'auteur, dont Vénus est le prix !

(La suite de Vénus forme un ballet auquel les Graces président.)

VÉNUS.

Le premier trait que l'Amour lance

Est celui qui blesse le mieux.

Que ce dieu plaît à sa naissance !

L'instant qui détruit l'ignorance

Est l'instant le plus précieux ;

Quand on sort de l'indifférence,

Le premier trait que l'Amour lance

Est celui qui blesse le mieux.

L'AMOUR, à Adonis.

Diane, que tu crois si fiere et si sauvage,

N'a pas toujours gardé son cœur;

Et je veux que ces jeux te retracent l'image

Du berger qui fut son vainqueur.

(Des Plaisirs déguisés exécutent les ordres de l'Amour ; Endymion
paroît endormi au fond du théâtre sur un lit de gazon, Diane

descend dans son char avec un Amour à ses pieds ; elle contemple le berger, dont elle devient amoureuse. Danse de Diane et de l'Amour qui éveille Endymion. Surprise, enchantement du berger ; action pantomime représentant les amours de Diane et d'Endymion, que la déesse enleve dans son char.)

CHOEUR.

Chantons l'Amour et sa conquête.

Qu'il va combler d'heureux desirs !

L'Hymen en prépare la fête,

L'Amour en promet les plaisirs.

(Le chœur est accompagné d'une danse générale.)

FIN DE LA PREMIERE ENTRÉE.

PERSONNAGES,

DU SECOND ACTE.

APOLLON.

URANIE, Muse.

PARTHENOPE, l'une des Syrenes.

LINUS, fils d'Apollon.

TERPSICHORE.

LES MUSES.

LES SYRENES.

FAUNES, DRYADES ET SYLVAINS.

La scene est au pied du Parnasse.

LA LYRE
ENCHANTÉE.

SECONDE ENTRÉE.

Le théâtre représente un vallon champêtre, au pied du Mont-Parnasse, dont on voit les deux côteaux couverts de palmiers, et des trophées qui conviennent aux Muses et aux Arts. On voit la fontaine d'Hippocrene qui y prend sa source, et serpente dans le vallon. Au sommet du mont paroît le temple de l'Immortalité.

SCENE I.

PARTHENOPE.

CHARME de mon vainqueur, doux accents de ma voix,
Formez avec mes yeux un si tendre langage,
  Qu'il puisse écouter mille fois
  Et mes serments et mon hommage.
Imitez les oiseaux qui chantent dans ces bois,
Accompagnez leur chant, secondez leur ramage;
  Vous plairez davantage
  À l'amant dont je suis les lois.

Charme de mon vainqueur, doux accents de ma voix,
Formez avec mes yeux un si tendre langage,
    Qu'il puisse écouter mille fois
    Et mes serments et mon hommage.

Linus doit pour me voir s'échapper aujourd'hui :
Il vient ; mais Uranie est encore avec lui.

                   (Elle se retire.)

SCENE II.

LINUS, URANIE.

URANIE.

Éleve et fils du dieu que le Pinde révere,
Quand ma voix vous appelle aux concerts d'Apollon,
    Pourquoi chercher dans ce vallon
    Et le silence et le mystere?

LINUS,

    J'y venois rêver à l'écart.
J'ai trouvé la nature en ce séjour plus belle :
Pour mieux vous imiter je me conduis par elle ;
    Et pour être digne de l'art,

J'en viens consulter le modele.

URANIE.

Prenez un vol plus glorieux;
Venez lire avec moi dans les secrets des dieux.
Chantez, Linus, chantez les faveurs éclatantes
    Du dieu qui brille aux yeux de l'univers,
Les Titans renversés, et la rage mourante
    Du serpent qui souilloit les airs.

LINUS.

Ce sublime essor m'épouvante.
C'est l'amant d'Issé que je chante.

URANIE.

Ce penchant aux douces erreurs
Annonce déja la tendresse.
Gardez-vous, gardez-vous sans cesse
Du piege des folles ardeurs.
S'il est des dieux que l'Amour blesse,
C'est un jeu dont ils sont vainqueurs
Sans qu'il en coûte à leur sagesse;
Au lieu qu'à l'humaine foiblesse
Il coûte le repos des cœurs.
Gardez-vous, gardez-vous sans cesse

Du piege des folles ardeurs.

LINUS,

On peut chanter l'Amour sans ressentir sa flamme.

J'aime à peindre ses jeux sans éprouver ses fers ;

Il fait le charme de mes airs,

Sans faire encor le tourment de mon ame.

Je craindrai toujours ses rigueurs.

URANIE.

Gardez-vous, gardez-vous sans cesse

Du piege des folles ardeurs.

LINUS.

Rassurez-vous, déesse...

(On entend une brillante symphonie. Uranie se retire, Parthenope arrive, la lyre à la main, suivie de Faunes, de Sylvains,
et de Dryades ses éleves, qui l'accompagnent en dansant.)

SCENE III.

PARTHENOPE; FAUNES, SYLVAINS et DRYADES.

PARTHENOPE.

Venez tous écouter ma lyre ;

Avec elle écoutez mes chants :

L'Amour en forme les accents,

Et c'est le plaisir qu'elle inspire.

LES CHOEURS.

Écoutons, écoutons sa lyre :

L'Amour en forme les accents,

Et c'est le plaisir qu'elle inspire.

(On danse au son de la lyre de Parthenope. C'est un ballet cham-
pétre dans lequel les Faunes et les Dryades qui le composent
montrent plus de gaieté que de régularité.)

PARTHENOPE.

Ranimez vos sons et vos pas ;

Dansez, chantez, le plaisir vous appelle ;

Les ris font briller plus d'appas,

C'est la gaîté qui rend la jeunesse éternelle.

35

(Pendant le chant de Parthenope, les Faunes et Dryades continuent
leur danse, et répetent ensuite le chœur.)

Écoutons, écoutons sa lyre.

(Linus paroît.)

SCENE IV.

LINUS, PARTHENOPE.

PARTHENOPE.

Linus, que vous tardiez à répondre à ma voix!
Ces Muses que je crains ont sur vous trop d'empire :
    Je vous perdrai.

LINUS.

            Non, ce n'est qu'à vos lois
    Que Linus charmé veut se rendre.
Les trouverois-je ailleurs ces charmes que je vois?
Cette voix que j'adore, où pourrois-je l'entendre?

PARTHENOPE.

Ah! si vous l'écoutez, vous la rendrez plus tendre.

LINUS.

    Mon esprit en vain se rappelle
Les chants que les neuf sœurs m'apprennent chaque jour:
    Mais que ma mémoire est fidele

Quand vous chantez l'Amour!

Répétons nos airs tour-à-tour.

(Elle commence.)

« Lorsque Vénus sortit du sein de l'onde,
« Son regard sur la terre enfanta le desir.
« L'espoir de tous les cœurs vint bientôt se saisir :
« Et l'Amour, achevant les délices du monde,
  « Donna la naissance au plaisir.

    LINUS.

  « Tout rend hommage à la beauté.
« Pour éclairer ses traits le jour se renouvelle ;
  « Pour la chanter s'éveille Philomele ;
« Le ruisseau qui fuyoit, devant elle arrêté,
  « Trace son image fidele ;
« Des pavots du sommeil la douce volupté
  « Rend de son teint la fraîcheur éternelle ;
« L'ordre de l'univers semble établi pour elle.
  « Tout rend hommage à la beauté. »

    PARTHENOPE.

Charmant éleve que j'adore,
Si vous chantez l'Amour, qui peut y résister?

Mais occupez-vous plus encore

À le sentir qu'à le chanter.

L I N U S.

Ah! vous m'êtes garant de ce talent suprême,

Puisque c'est vous que j'aime.

Ensemble.

Aimons-nous ; répétons cent fois

Le charmant aveu de nos flammes.

Que l'accord touchant de nos voix

Égale celui de nos ames.

P A R T H E N O P E.

Linus, si ton cœur est à moi,

Je veux me venger avec toi.

Les Muses condamnent sans cesse

Les Syrenes et leur amour;

Je veux qu'Uranie à son tour

En éprouve toute l'ivresse.

L I N U S.

Vos efforts seroient impuissants.

P A R T H E N O P E.

Par un enchantement plus doux que redoutable,

(En montrant la lyre qu'elle tient.)

Qui touche cette lyre en tire des accents
     Qui pénetrent les sens
     D'un charme inévitable.
Uranie en ces lieux va presser son retour.
     Elle y trouvera cette lyre...
     Pour mieux jouir de son martyre,
Cachons-nous; elle vient...

(Parthenope suspend à un arbre la lyre enchantée, et sort avec
Linus.)

SCENE V.

URANIE, seule.

               C'est ici le séjour
Où le fils d'Apollon doit bientôt reparoître;
Attendons... Quel objet vient de frapper mes yeux!
     Pourquoi cette lyre en ces lieux!
À l'une de mes sœurs elle appartient peut-être.
Voyons... en la touchant amusons nos loisirs.

(Uranie touchant cette lyre est étonnée du prélude qu'elle entend, et qui lui inspire aussitôt des chants d'amour.)

     « Douce volupté d'un cœur tendre,
     « Triomphez de tous les plaisirs... »

(Uranie s'arrête avec surprise.)

Ah, dieux! que me fait-elle entendre!...

Mais je crains peu de m'y laisser surprendre :

Ce sont de vains accords qu'emportent les Zéphyrs.

« Douce volupté d'un cœur tendre,

« Triomphez de tous les plaisirs.

« L'amour cause quelques soupirs :

« Mais le bonheur doit en dépendre.

« Douce volupté d'un cœur tendre,

« Triomphez de tous les plaisirs.

Quels sons touchants! je devrois les suspendre...

Linus, mon cher Linus, quelle ardeur de te voir

Brûle mon ame impatiente!

Trop d'intérêt pour toi commence à m'émouvoir,

Et mon amitié m'épouvante.

(Après avoir rêvé quelque temps, elle touche encore cette lyre,
qui rend des sons plus gais.)

« La sagesse est de bien aimer,

« Et d'aimer toujours sans partage.

« On est heureux si l'on peut s'enflammer;

« Si l'on est constant on est sage.

« La sagesse est de bien aimer,

« Et d'aimer toujours sans partage.

(Après un moment de silence.)

Je le sens bien, Linus, le bonheur de mes jours
Seroit de t'adorer toujours.

(Elle s'arrête avec étonnement.)

L'adorer... moi? qu'ai-je dit? je l'ignore.

Ma raison interdite accuse mes discours,
Et mon cœur les répete encore.

Il vient... comment cacher le feu qui me dévore?

SCENE VI.

URANIE, LINUS.

URANIE.

Suivez, chantez le dieu qui paroît vous charmer;
Je ne lui serai plus contraire.
Quand mon cœur brûle de vous plaire,
Puis-je vous défendre d'aimer?

LINUS.

Ah! déesse, le puis-je croire?

Non, non; ce seroit en un jour
Trop d'ambition pour ma gloire,
Trop de triomphe pour l'Amour.
Amusons-nous de la tendresse;
Qu'elle soit un jeu pour nos cœurs.
Gardons-nous, gardons-nous sans cesse
Du piege des folles ardeurs.

URANIE.

Vous me lancez mes propres armes,
Quand je les mets aux pieds de mon vainqueur.

LINUS.

Eh bien! connoissez-donc mon cœur.
Comme vous de l'Amour j'éprouve tous les charmes,
Dans ces lieux loin de vous je venois soupirer...
J'adore...

URANIE.

Ah! de quel trait m'allez-vous déchirer?

LINUS.

J'adore une Syrene, et je suis aimé d'elle.
Parthenope...

URANIE.

Quel nom! quelle honte mortelle!

LINUS.

Apollon lui-même en ce jour
Va couronner notre espérance.

(Un prélude annonce l'arrivée d'Apollon.)

Mais ce brillant concert annonce ici sa cour,
Et je vois le dieu qui s'avance.

URANIE.

Comment éviter sa présence?

(Le Parnasse s'éclaire : Apollon descend d'un côté de la mon-
tagne, suivi des Muses; Terpsichore arrive ensuite, suivie de
ses élèves; les Faunes et Dryades qui ont formé le premier divertissement accourent à ce spectacle.)

SCENE VII.

APOLLON, URANIE, LES MUSES,
PARTHENOPE, LINUS, LES SY-
RENES, FAUNES et DRYADES.

APOLLON, à Uranie.

Muse, rougissez moins d'un piege de l'Amour;
Ce dieu pour vous soumettre enchanta cette lyre.
Sortez de ce délire,
Et de votre raison célébrez le retour.

(Apollon donne sa lyre à Uranie, à la place de celle qu'elle avoit,
et l'enchantement finit.)

Accourez, Muses et Syrenes,

Venez seconder mes desirs;

Que vos talents unis forment les douces chaînes

Qui menent aux plaisirs.

(La réunion des Muses et des Syrenes se forme par un ballet.)

PARTHENOPE.

Vole, Amour, prête-moi tes armes;

Que le cœur de Linus s'enflamme chaque jour.

Que ne puis-je augmenter mes charmes

Pour ajouter à son amour!

CHOEUR.

Enseignez-nous vos jeux, brillante Terpsichore:

Que nos voix, que nos chants accompagnent vos pas;

Rendez-les plus légers encore:

L'Amour vous suit, il vole et ne vous quitte pas.

(Terpsichore arrive : les leçons qu'elle donne aux Sylvains rendent
leur danse plus réguliere; ils se mêlent aux Muses et aux Syrenes.)

PARTHENOPE, aux Muses.

Souffrez les Amours sur vos traces,

Muses : souvenez-vous toujours

Que l'esprit est sans les amours
Ce qu'est la beauté sans les graces.
C'est à l'amour qu'il faut céder;
Quel autre charme nous arrête?
L'esprit peut faire une conquête;
Mais c'est au cœur à la garder.

(Ballet des Muses, des Syrenes, des Dryades, des Sylvains, ayant
Terpsichore à leur tête.)

FIN DE LA SECONDE ENTRÉE.

PERSONNAGES

DU TROISIEME ACTE.

L'Amour.

Anacréon.

La Prêtresse de Bacchus.

Lycoris, personnage dansant.

Agathocle,
Euriclès, } amis d'Anacréon.

Troupe de femmes inspirées,
représentant les Ménades.

Convives.

Esclaves.

Les Graces.

Amours, Ris et Jeux.

La scene est à Théos, dans la maison d'Anacréon.

ANACRÉON.

TROISIEME ENTRÉE.

Le théâtre représente l'appartement d'Anacréon orné pour une fête; on y voit les statues de l'Amour et de Bacchus. Trois arcades ouvertes laissent voir un sallon d'architecture grecque, avec des buffets garnis de vases, etc. Anacréon paroit à table au milieu de ce sallon avec plusieurs convives environnés de jeunes esclaves qui leur versent à boire, qui les couronnent de fleurs, et qui dansent autour d'eux. Lycoris, maîtresse d'Anacréon, est toujours à leur tête.

SCÉNE I.

ANACRÉON, LYCORIS, personnage dansant. AGATHOCLE, EURICLÈS, CONVIVES, ESCLAVES, etc.

ANACRÉON, AGATHOCLE, EURICLÈS.

Regne, ô divin Bacchus, enflamme nos esprits :
    Que le transport de ton ivresse
        À chaque instant renaisse
    Avec la tendresse et les ris.
Regne, ô divin Bacchus, enflamme nos esprits.

Le vol du temps qui nous presse
Nous fait mieux sentir le prix
De l'instant fortuné que le destin nous laisse.

Ensemble.

Regne, ô divin Bacchus, enflamme nos esprits.

ANACRÉON, s'adressant à Lycoris dans le temps qu'elle
danse autour de lui, et qu'elle lui verse à boire.

Nouvelle Hébé, charmante Lycoris,
Vole, répands sur nous les fleurs de ta jeunesse;
Par tes dons, par tes yeux, rends nos cœurs plus épris.
Verse-nous le nectar, fais-le couler sans cesse.
    Charmante Lycoris,
Sois dans ce temple heureux l'adorable prêtresse
    De tous les dieux que je chéris.

CHOEUR.

Regne, ô divin Bacchus, enflamme nos esprits.

ANACRÉON, à Lycoris.

Que l'amante d'Alcide, au séjour du tonnerre,
    Soit jalouse de tes bienfaits,
        Et vienne sur la terre
        Voir les dieux que tu fais.

(Ici la danse de Lycoris devient plus vive, et rend plus gais les
chants d'Anacréon.

Point de tristesse :

Passons nos jours

Dans les amours

Et dans l'ivresse.

Buvons sans cesse,

Aimons toujours.

Le vin, la tendresse,

Convives, maîtresse,

M'invite à jouir.

Tout plaisir m'enchante;

Je bois, ris, et chante,

Toujours dans l'attente

D'un nouveau plaisir.

(Ces chants sont interrompus par une bruyante symphonie. La
prêtresse de Bacchus paroît suivie d'une troupe de femmes inspirées, représentant les Ménades, portant des thyrses et des
flambeaux.)

SCENE II.

ANACRÉON, LA PRÊTRESSE DE BACCHUS, LES MÉNADES, etc.

ANACRÉON.

Quel bruit, quelle clarté vient ici se répandre!

Prêtresse, où courez-vous? quels transports furieux!

CHOEUR DE MÉNADES, suivi de leurs danses tumultueuses.

Détruisons un culte odieux.

LA PRÊTRESSE, à Anacréon.

Favori de Bacchus, oses-tu faire entendre

Les chants qui profanent ces lieux?

CHOEUR DES MÉNADES.

Détruisons un culte odieux.

LA PRÊTRESSE.

Renversons cet autel.

ANACRÉON, se levant pour s'opposer à leur fureur.

Ah! laissez-moi défendre

Le plus charmant des dieux!

LA PRÊTRESSE, en l'arrêtant.

Cesse ton criminel hommage;

Chasse l'Amour
De ce séjour.
Avec Bacchus point de partage :
C'est un outrage.

ANACRÉON.

Eh ! pourquoi les séparer
Quand la volupté les rassemble ?

LA PRÊTRESSE.

L'Amour nous feroit soupirer.

ANACRÉON.

A la table des dieux on les adore ensemble.
Eh ! pourquoi les séparer ?

(On voit ici, dans un ballet figuré, un combat entre les suivants d'Anacréon et ceux de la Prêtresse. Lycoris qu'on veut arracher de ce lieu, paroît toujours au milieu de la danse, poursuivie par une Ménade. La symphonie exprime la fureur des uns et les gémissements des autres. Les Bacchantes ont enfin le dessus : Lycoris disparoît, et l'on brise la statue de l'Amour.)

LE CHOEUR.

Bacchus remporte la victoire.
Ne suivons que Bacchus, ne chantons que sa gloire.

(La Prêtresse et sa suite se retirent.)

SCENE III.

ANACRÉON, AGATHOCLE, EU-
RICLÈS, CONVIVES, CHŒUR.

ANACRÉON.

Non, je ne puis souffrir cette injuste rigueur,
    Bacchus, par quelle violence
Veux-tu chasser l'amour qui regne dans mon cœur?
    Si je brûle de plus d'ardeur,
    C'est par l'effet de ta puissance.
Éloignez-vous, plaisirs; sortez de ce séjour :
Je renonce à Bacchus s'il en coûte à l'Amour.

(A cet ordre d'Anacréon, les Convives et le Chœur se retirent, et
les rideaux tombent.)

ANACRÉON, seul.

    J'aime à voir ce lieu plus paisible,
Et déja le sommeil vient calmer mes esprits.
    Cédons à ce charme invincible...

(En cet endroit Anacréon s'approche de son lit, et en s'asseyant
dessus, dit :)

Mes yeux en se fermant auroient vu Lycoris!

SCENE IV.

ANACRÉON, L'AMOUR.

(La plus douce symphonie accompagne le sommeil d'Anacréon. Il
est interrompu par le bruit du tonnerre, et l'on entend un orage
terrible.)

ANACRÉON, sur son lit.

Qui m'éveille? J'entends le tonnerre qui gronde.

Quels sifflements! quel bruit! Éole est déchaîné :

Bacchus, que ne m'as-tu donné

Ton ivresse profonde!

En vain Jupiter eût tonné.

L'AMOUR, derriere le théâtre.

Quelle nuit! ô ciel, quel orage!

ANACRÉON.

Quels sons plaintifs!

L'AMOUR.

Hélas! je vais périr.

ANACRÉON.

C'est la voix d'un enfant.

L'AMOUR.

Dieux! quel affreux ravage!

ANACRÉON.

La tempête redouble; allons le secourir.

(Il se leve pour ouvrir à l'Amour, qui paroît en habit d'esclave,
et dans un grand désordre.)

Que vois-je! De pitié mon ame est attendrie.

Jeune infortuné, quel malheur

Expose votre vie?

Parlez.

L'AMOUR.

Je suis encor tout glacé de frayeur.

ANACRÉON.

Où vîtes-vous le jour?

L'AMOUR.

Cythere est ma patrie.

ANACRÉON.

A quel maître êtes-vous?

L'AMOUR.

Je servois Lycoris,

J'étois son esclave fidele;

Un ingrat qu'elle aimoit la quitte avec mépris:

Le courroux s'est emparé d'elle;

J'ai moi-même éprouvé ses transports furieux:

J'ai fui sa disgrace cruelle,
Et mes pas égarés m'ont conduit en ces lieux.

ANACRÉON.

Quoi! Lycoris brûloit d'une ardeur aussi tendre?

L'AMOUR.

Si l'ingrat avoit pu l'entendre!
S'il eût vu son funeste sort!
Mais songe-t-il à son amante?
Dans les bras de l'Amour Lycoris est mourante,
Et dans ceux de Bacchus le parjure s'endort.

ANACRÉON.

Quel est donc cet amant coupable?

L'AMOUR.

Ah! de tous les mortels il fut le plus aimable.
Avant ce jour
C'étoit l'Amour
Qui tenoit chez lui son empire;
Les Graces montoient sa lyre;
Les Jeux venoient à l'entour
Danser, folâtrer et rire:
Aujourd'hui la fureur d'un bachique délire
Les a bannis de ce séjour.

A N A C R É O N.

Le déclin de l'âge
Peut-être l'engage
À quitter leur cour.
On suit avec moins de peine
Un vieillard comme Silene,
Qu'un enfant comme l'Amour.

L'A M O U R.

L'infidele sur ses traces
Guideroit encor les Graces;
Et je sais que Lycoris
De l'amant qui l'abandonne
N'auroit pas donné l'automne
Pour le printemps d'Adonis.

A N A C R É O N.

Quel plaisir je goûte à l'entendre!
Mais que mon cœur éprouve un rigoureux tourment!

L'A M O U R.

Vous soupirez!

A N A C R É O N.

Je ne puis m'en défendre,
Je suis ce criminel amant.

L'AMOUR, avec vivacité.

Qu'entends-je! Lycoris peut-être vit encore :
    Hâtez-vous ; ah! rendez le jour
    À l'amante qui vous adore.
Par la voix de l'Amour la pitié vous implore.

ANACRÉON, le considérant attentivement.

    Mais vous que j'observe à mon tour,
Enfant mystérieux, que je cherche à connoître...
    Esclave... ah !... vous êtes mon maître :
    Et je suis aux pieds de l'Amour.

(Il s'y jette, et dit avec transport :)

Rendez-moi Lycoris ; je quitte tout pour elle.

L'AMOUR.

Volez, Amours ; venez, troupe immortelle ;
    Rendez à ses désirs
    Une amante fidele ;
Annoncez ma victoire, et chantez mes plaisirs.

(Les rideaux se levent. Le fond du théâtre reparoît. Une troupe
de Jeux, de Ris et d'Amours entre gaiement sur le théâtre. Les
Graces ramenent Lycoris, que l'Amour présente à Anacréon.

S C E N E V.

L'AMOUR, ANACRÉON, LYCORIS, LES GRACES, PLAISIRS, RIS et JEUX, etc.

A N A C R É O N, entre l'Amour et Lycoris.

Sans Vénus et sans ses flammes

Tous nos beaux jours sont perdus :

Les vrais plaisirs ne sont dus

Qu'à l'ivresse de nos ames.

Si le dieu rival des Amours,

Si Bacchus condamnoit l'ardeur qui me dévore,

En montrant Lycoris je lui dirois encore,

Je lui dirois toujours :

Sans Vénus et sans ses flammes

Tous nos beaux jours sont perdus :

Les vrais plaisirs ne sont dus

Qu'à l'ivresse de nos ames.

Si je partage mon choix,

Si je bois,

Amour, n'en prends point d'ombrage :

S C E N E V I.

LA PRÊTRESSE DE BACCHUS, MÉNADES, ÉGIPANS, ET LES ACTEURS PRÉCÉDENTS.

CHOEUR DE MÉNADES, qu'on entend d'abord
derriere le théâtre.

Le chant d'Anacréon dans ces lieux nous rappelle,
De l'autel de l'Amour allons voir les débris.

LA PRÊTRESSE, surprise de voir cette fête galante, et de
retrouver Anacréon entre Lycoris et l'Amour.

Quoi! toujours Lycoris!

ANACRÉON.

Et toujours l'Amour avec elle.

L'AMOUR, dont la présence en impose à la Prêtresse
et à sa suite.

L'Amour est le dieu de la paix :
Regne avec lui, Bacchus, partage ses conquêtes.
Il lance par tes mains de plus rapides traits;
Viens, triomphe, embellis nos fêtes,
Mais ne les trouble jamais.

(Les suivants de Bacchus vont au pied de la statue de l'Amour,